발 행 | 2022-03-17

저 자 | Someday

펴낸이 | 한건희

펴낸곳 | 주식회사 부크크

출판사등록 | 2014.07.15(제2014-16호)

주 소 | 서울 금천구 가산디지털1로 119, A동 305호

전 화 | 1670 - 8316

이메일 | info@bookk.co.kr

ISBN | 979-11-372-7740-3

본 책은 브런치 POD 출판물입니다.

https://brunch.co.kr
www.bookk.co.kr

이 책에 사용된 일러스트는 픽사베이 무료 이미지를 다운 받아, 직접 혹은 'Someday'의 수채화 색연필 필터작업 등을 거쳐 실었습니다.

주주와 레드루의 먼 나라 여행

Someday 지음

CONTENT

프롤로그

주주와 레드루의 유럽 3개국 7박 9일간 여정

이탈리아, 모나코, 남 프랑스

'딸과 함께 먼 나라 여행'은 내 버킷 리스트 중 하나

'엄마와 함께 떠나는 여행'이 딸의 버킷 리스트 중 하나인 것처럼. 딸은 생각보다 빨리 새로운 인생을 시작했다. 한 남자의 아내가 되자, 우리 바람은 더 멀어져 갔고, 서로 항상 일에 치여 바빴다. 게다가 나는 요 몇 년 사이 자꾸 체력이 저하되고 있다. 2019년 새해엔 일 욕심을 내려놓고, 서로 통하는 멋진 여행지를 찾기로 했다. 두 마음이 하나로 모이니, 함께 떠날 시간이 딱 맞았다. 당시 딸은 블로그 인플루언서 활동으로 바빴지만, 지금은 17개월짜리 딸 '꾸미' 육아에 정신이 없는 초보 엄마다.

우리가 처음 찍은 패키지여행은 9박 12일 '서유럽 3개국 프랑스, 스위스, 이탈리아'였다. 최소 20명 중 1명만 더 채우면 출발이었다. 그런데 1주일 전쯤, 그 1명이 부족해 19명이 모두 다른 날짜로 이동한단다. 우리는 딸 스케줄 때문에 출발 일을 옮기지 않기로 했다. '참 좋은 여행사'에서 밀려나와 '롯데관광' 7박 9일 '이탈리아, 모나코와 남 프랑스' 여행으로 갈아탔다. '남 프랑스 2박'과 '하늘과 바다 사이에 천국'이란 문구에 제대로 꽂혔다. 거의 매일 지속되던 미세먼지로 흐릿해진 시야를 아름다운 지중해의 깊고 푸른 물속에 풍덩 담그고 싶었다.

이번 여행은 2019년 3월 3일부터 10일까지 여정이다. 우리는 함께 미리 둘러볼 곳을 정리해서 살펴보았다. 패키지여행이라도 준비 없이 그냥 떠나는 것보다 낫다. 주주와 레드루가 벼르던 먼 나라 여행, 좀 더 여유롭게 즐기고 싶었다.

인천 -> 로마 -> 피렌체(플로렌스) -> 베네치아(베니스) -> 오르비에토 ->밀라노 -> 모나코 -> 니스 -> 에즈 -> 생폴 드 방스 -> 칸 -> 니스 -> 친퀘테레 마나롤라 -> 피사 -> 몬테카티니 테르메 -> 더 몰 피렌체 -> 로마 -> 인천

주주와 레드루는 이번 여정의 스케치를 알차게 채우고 싶은 진심과 열망으로 꿈틀댔다. 우리는 출발 전부터 설레기 시작했다. 7박 9일간 여정이 담긴 먼 나라 여행 스케치에는 주주(블로그 별명)와 레드루(블로그 별명)가 찍은 사진을 공유한다.

2019년 12월, 중국 후베이성 우한시에서 시작된 코로나19는 지구촌을 뒤덮고 있다. 아무도 원치 않던 코로나 팬데믹 시대가 열리더니, 최근엔 델타

변이 바이러스를 넘어 오미크론 변이까지 걷잡을 수 없이 확산 중이다. 코로나 19는 그 동안 거대하게 느껴지던 우리 지구별을 진짜 한 마을처럼 묶어 버렸다.

그렇지만 마음만 먹으면 오가던 다른 나라와 물리적 거리는 어느새 우주처럼 멀어졌다. 지구촌 다른 나라는 마음이 움직여도 몸이 곧 따라갈 수 없는 곳이 됐다. 먹고 사는 중요한 비즈니스가 아닌 한, 세계여행은 바로 나서질 못하는 시국이 이어진다.

2019년 3월 3일 인천공항, 아시아나 탑승구로 들어가는 레드루

코로나 팬데믹이 이번 오미크론 확산으로 엔데믹 시대를 앞두고 있다는 뉴스가 들린다. - 2022. 01. 24. KBS 뉴스 WHO “유럽, ‘팬데믹’ 끝나면 ‘엔데믹’ 올 것” -

이즈음, 2019년 3월 주주와 레드루가 함께 그려둔 먼 나라 여행 스케치를 펼쳐 보는 것도 의미 있지 않을까! 이렇게 코로나 19 바이러스가 우리를 하나로 묶어두고 지구촌을 휘감아 돌 줄도 몰랐지만, 이런 상황이 언제 끝날 지도 알 수 없으니 답답하다. 그러나 이 또한 지나가리라는 걸 믿기에, 먼 나라 여행 스케치를 이렇게 다시 꺼내 놓고 들여다본다.

참고 자료

1) 롯데 관광 '하늘과 바다 사이에 있는 천국 - 남 프랑스와 이태리 일주 9일, 남 프랑스 니스 2박' 안내서

2) 네이버와 다음 및 구글 검색

3) 위키백과

4) 두피디아

5) 네이버 지식백과

서울서 로마로 날아간다

11시간 동안 하늘을 날며,

음악영화와 독립영화 원 없이 즐긴 시간

서울에서 로마까지 딸과 함께 한 첫날 여정

인천공항에 도착하자, 설렘도 현실 속으로 쓱 스며든다. 신청했던 유로 환전과 와이파이 도시락을 손가방에 담고, 출국심사를 마치고 나서야 여유를 찾는다.

환전은 레드루가 토스에서 진행했다. 레드루는 토스 환전 첫 거래로 수수료 100% 우대를 받았다고 좋아한다. 나는 토스에서 간편하게 송금을 몇 번 해 본 적 있지만, 그냥 노트북 켜고 커다란 화면 보며 인터넷 뱅킹으로 하는 것이 더 편하더라. 10년 전, 딸이 뉴욕 어학연수 떠날 때는 내가 알아서 척척 환전했는데, 이젠 딸이 다 알아서 한다. 나는 벌써 일상적이지 않은 일처리는 시작도 하기 전에 귀찮아하는 노친네가 되어간다.

우리가 탑승할 아시아나 OZ56 B777-200 비행기

오랫동안 바라오던 서유럽 모녀여행이다. 스스로 딸만큼 '생각을 젊게 하리라!' 단단히 결심하며 출발한다. 생각이 젊어지면 마음도 따라오고, 행동

에 힘과 생기가 차오를 테니. 엄마 주주는 딸 레드루와 함께 내용까지 꽉 채워질 멋진 여행을 스케치하고 싶다.

우리를 태운 비행기는 3월 3일(일) 12시 35분경 이륙, 미세먼지 가득한 대한민국 하늘을 뚫고 비상한다.

레드루가 선택한 예약 좌석은 뒤쪽 줄 2 좌석. 우리 직감대로 창가 한 좌석은 빈 채로 출발한다. 선택과 예감이 안겨 준 결과는 편하고 안락했다. 3 좌석을 둘이 사용하며 11시간을 비행한다. 팔걸이를 제치고 교대로 누워 잠도 자고 쉬기도 하니, 나름 편한 여행길이 된다. 모바일 체크인 전, 좌석 배치도를 참고하면 선택 시 도움이 된다. 만석인데, 딱 한자리 비어있는 옆 좌석을 선택한다면 행운이다. 우리는 장거리 여행을 좀 더 안락하게 즐길 수 있는 그런 행운을 누렸다.

11시간 동안 점심과 저녁 식사, 간식과 음료수(생수, 토마토 · 사과 · 오렌지 주스, 클라우드 맥주), 스낵 안주 등으로 깔끔한 써빙을 받았다.

러시아 상공을 가르며, 내가 감상한 영화 3편은 인간 '프레드 머큐리'를 그린 <보헤미안 랩소디(Bohemian Rhapsody, 2018)>, 20세기 가수 '에디트 피아프' 일대기 <라 비 앙 로즈(La Mome, The Passionate Life of Edith Piaf, 2007)>, 무명이던 '레이디 가가'의 스타 탄생 <스타 이즈 본(A Star Is Born, 2018)> 등이다.

딸은 <거미줄에 걸린 소녀> 한 편을 골라 본 후, 블로거 인플루언서답게 노트북 펴고, 주로 글을 쓰며 날아간다. 엄마와 딸이 같은 공간에 나란히 붙어 앉았지만, 생각과 취향이 다르니 각자 다른 시간을 보낸다. 서로 방해되지 않도록 배려하면서.

나는 영화를 좋아하니 장거리 여행이 지루하지 않다. 하늘을 날아가며, 영화 속 주인공들의 음악 인생을 다시 돌아본 것도 나름 뜻있는 시간이었다. 잠시 낮잠을 즐기기도 했다. 국제 단편영화제 상영작인 프랑스 영화 <더 이상 돈을 걸 수 없습니다>와 우리나라 <숄>을 감상하는 동안 비행기가 이탈리아 상공으로 들어선다.

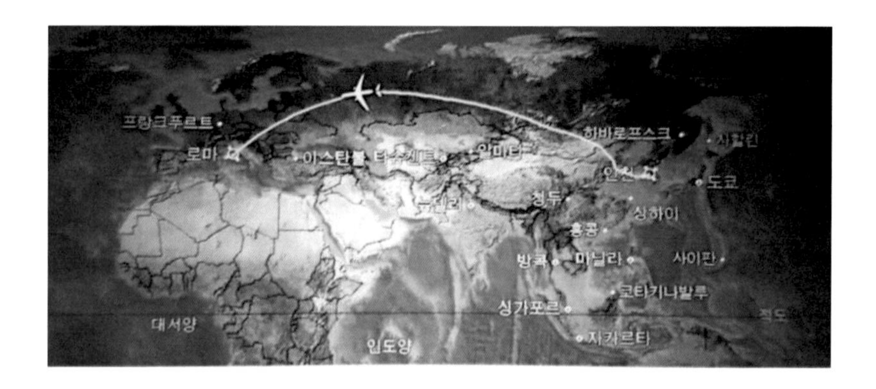

이탈리아 상공

로마 네오나르도 다빈치 (피우미치노) 국제공항 도착

비행기가 로마 피우미치노 공항에 착륙하자, 와이파이 도시락부터 연다. 별안간 카톡이 징징거리며 계속 울린다. 한국은 밤 12시가 넘었지만, 남편과 사위에게서도 울려온다.

위탁 수화물을 찾으면서 본격적인 여행 시작이란 생각이 든다. 현지 시각은 3월 3일 오후 4시 30분을 지나고 있다. 지구 서쪽으로 11시간 날아오니, 시계가 8시간 거꾸로 돌아가 있다. 우리는 다빈치 공항 앞에서 대기하고 있던 전세버스에 오른다. 버스는 로마 외곽 남쪽으로 달려간다.

숙소로 가는 길, 파랗던 로마 하늘에 서서히 어둠이 깃든다. 우리는 1시간쯤 달렸다. 로마 근교에 위치한 La Meridienne 호텔은 썰렁했다. 일행 중 누군가는 '귀곡산장'에 온 기분이라고도 한다. 어둠 내린 낯선 주위를 살펴보니 한적한 시골이다. 대부분 서유럽 패키지여행이 그렇듯이 알뜰 가격에 딱 맞는 숙소라 생각하고, 처음부터 마음을 비우고 시작하는 것이 현명하다.

시차 적응이 되어가는 중이지만 아직 피곤한 이른 새벽이다. 창문을 여니, 공기가 상쾌해서 시골에서 힐링하고 있다는 느낌이 들었다. 밖에서 밀려들어오는 공기가 차갑다. 코까지 킁킁거리며, 이탈리아 시골의 정취와 향기를 깊이 심호흡한다. 귓가에 맴도는 새소리도 어찌나 다정하게 들리던지! 어젯밤, 어둠 깃든 이국 땅 첫 숙소가 시골에 위치한 널찍한 공간이어서 더 썰렁하게 느껴졌나 보다.

다음날(3월 4일) 아침, 숙소 테라스에서 바라본 풍경

콘티넨탈 조식/8일간 동행할 신형 전세버스

간단한 콘티넨탈식 조식은 생각보다 괜찮았다. 일단 빵이 담백하고 맛있다. 슬라이스 치즈와 햄, 시리얼과 우유, 주스, 커피 등 음료수와 여러 종류의 잼이 정갈하게 준비되어 있다. 돌아올 때, 딸과 이런저런 이야기를 나누며 얻은 결론, 조식은 그나마 이곳이 제일 푸짐했다는.

콜로세움과 콘스탄티노 개선문에서 고대 로마인이 되어본다

티투스 개선문, 셉티미우스 세베루스 개선문, 대전차 경기장

콘스탄티노 개선문 정면과 오른쪽 콜로세움

로마는 도시 전체가 길고 깊은 역사를 품고 있다. 콘스탄티노 개선문과 유명한 원형 경기장 콜로세움이 웅장한 형체를 드러낸다. 언젠가 꼭 오고 싶었던 로마에서 위대한 고대 문화유산을 마주하니 가슴이 설렌다.

콘스탄티노 개선문 (Arco di Costantino)

콘스탄티우스의 아들이었던 콘스탄티누스는 312년 두 개로 나뉘어 있던 서로마 제국을 통합한다. 곧이어 동로마 지역을 공격, 324년 로마 전역을 지배한다. 콘스탄티노 개선문은 콘스탄티누스 대제가 서로마 제국 통일을 기념하여 세운 개선문이다.

주주와 레드루는 책과 영화에서 보았던 역사적인 장소에 서 있다. 개선문에는 콘스탄티누스 황제의 영광과 업적이 다양한 부조로 장식되어 있다. 밀비우스 다리 전투 승리, 로마 입성, 베로나 포위 등 황제의 업적이 영원할 것처럼 단단하고 찬란하게 빛난다.

로마에는 3대 개선문이 있다. 81년 세워진 티투스 개선문, 315년 세워진 바로 이 콘스탄티누스 개선문과 230년에 세운 셉티미우스 세베루스 개선문이다. 이들 개선문은 서로 멀지 않은 거리에 있다. 모두 전쟁의 승리를 기념하는 건축물들이니, 로마는 참으로 오랜 세월 승리를 거듭해 왔다. 승자로 군림했던 고대 로마인들의 찬란한 유적지가 아침 햇살 아래 눈부시다.

며칠 전 뉴스에서 보았던 '삼일절' 자축 영상이 머릿속을 맴돈다. 휘날리던 태극기와 우리 독립문이 오버랩 된다. 독립문은 승리를 기념하는 곳이 아니다. 대한제국 시기 우리의 자주독립을 지키기 위한 상징적인 문이다. 승자의 역사 속에서 꿋꿋하게 지켜온 우리의 유구한 문화유산이 새삼 눈물겹도록 소중하게 느껴진다. 우리는 지구를 반 바퀴 돌아 그토록 만나고 싶었던 고대 로마 유적지를 바라보며, 자랑스럽지만 지난한 우리 역사까지 온몸으로 쓸어 담고 있다. 최근 미세먼지로 몸살을 앓고 있는 회색 빛 서울 하늘이 로마의 파란 하늘과 대조를 이루는 것도 안타깝다.

콜로세움과 콘스탄티누스 개선문은 한 공간에 있어서 더 조화롭다. 콘스탄티누스 개선문 바로 앞에 콜로세움이 있고, 개선문 후면을 바라보고 서서, 오른쪽으로 고개를 돌리면, 조금 떨어진 곳에 팔라티노 언덕으로 오르는 길이 보인다. 그 길 끝에 티투스 개선문이 승리에 취한 듯 우뚝 서 있다.

티투스 개선문 (Arco di Tito)

티투스 개선문 너머 포로 로마노가 있고, 셉티미우스 세베루스 개선문(Arch of Septimius Severus)도 나타난다. 티투스 개선문은 서기 81년 티투스 황제 사망 직후, 뒤를 이어 황제로 즉위한 동생 도미티아누스에 의해 건설된 현존하는 가장 오래된 개선문이다.

티투스 개선문은 예루살렘을 함락한 로마 황제 티투스를 칭송하고, 왕권을 상징하는 다양한 조각들로 가득 차 있다. 이 개선문은 프랑스 파리 샹젤리제 거리에 있는 개선문의 모태이다. 우리는 포로 로마노까지 직접 걸어가는 대신, 캄피돌리오 언덕으로 향하는 길에서 그 전망을 한눈에 내려다볼 예정이다. 팔라티노 언덕은 오늘 하루 로마를 둘러보아야 하는 엄청난 스케줄 때문에 아쉬운 추억 속에 담아둔다.

주주와 레드루는 대전차 경기장과 진실의 입을 둘러보고 캄피돌리오 언덕과 팔라티노 언덕 사이 저지대에 위치하고 있는 포로 로마노를 통과하면서 팔라티노 언덕을 지나쳐 갈 것이다.

원형 경기장, 콜로세움(Colosseo)

팔라티노 언덕을 오르는 옛 신전 돌길, 한가운데 보이는 티투스 개선문

거대한 '플라비우스 원형경기장' 콜로세움은 로마의 상징이다. 우리에게 콜로세움은 역사적 배경보다 영화 <글래디에이터>의 유명한 검투 장면을 먼저 떠오르게 한다. 콜로세움은 약 5만 명의 관객을 수용할 수 있는 규모로 바깥 둘레 527m, 높이 57m에 이른다. 웅장한 콜로세움 외벽은 아래층부터 도리스식, 이오니아식, 코린트식 원기둥이 80개 아치를 끼고 늘어 서 있다.

당시 얼마나 많은 사람들이 동원된 건축물일지 상상만 해도 움찔한다. 72년 베스파시아누스 황제가 짓기 시작, 그의 아들 티투스 황제가 연 인원 4만여 명을 투입시켜 80년에 완성한 원형 경기장(Flavia Amphithetre)이다.

이곳은 네로 황제의 궁전 도무스 아우레아에서 내려다보이던 인공 연못이었다. 흙으로 메워 기반을 다지고 이런 거대한 경기장을 건설한 것이다. 1,950여 년간 지진과 수많은 전쟁을 겪었지만 아직도 거의 원형을 유지하고

콜로세움 경기장 안으로 통하는 문

있으니, 고대 로마의 뛰어난 건축 기술이 얼마나 과학적이고 견고한지 놀라울 뿐이다. 이 위대한 건축물은 인류 문화유산이며 업적이지만, 이곳도 승자의 역사 유물이다. 전쟁 포로였던 수많은 검투사, 노예, 이민족, 이교도는 물론 동물들까지 동원된 피로 얼룩진 역사를 품고 있다. 주주와 레드루에게 내리는 로마의 햇살이 눈부시다. 지금 콜로세움에 내리는 로마의 햇살은 로마 시대에도 빛났던 같은 태양이겠지!

이곳에서는 전쟁 포로 중 선발된 글래디에이터(검투사)와 맹수가 서로 싸우고 죽이는 잔인한 전투 경기가 벌어졌고, 황제와 로마인들은 이를 보며 즐겼다. 당시 검투 장면은 오늘날 프로 스포츠처럼 대단한 인기를 누렸다. 이 잔혹한 경기는 405년 오노리우스 황제에 의해 중단될 때까지 계속됐다.

건설 초기에는 콜로세움 원형 경기장에 물을 채워 모의 해전(模擬海戰)인 나우마키아(Naumachia)를 공연하기도 했다. 잠시 관련 일러스트를 들여다보며 낭만적인 상상도 해 본다. 그러나 해전공연이라니, 로마인들의 방대한 스케일과 호전적인 삶의 방식이 놀랍기만 하다. 나우마키아 모의 해전의 역사는 로마 시저(Caesar) 집권 당시인 BC 46년까지 거슬러 간다. 가장 유명한 모의 해전은 글라디우스(Cladius) 황제가 거행한 경기로 19,000명이나 참가했다고 한다. 모의 해전에 참가한 사람들은 전사와 포로나 죄인들이었다. 이 경기는 국방 사상을 고취하기 위한 것이 아니라 황제나 귀족의 오락이었다는 것이 더 놀랍다.

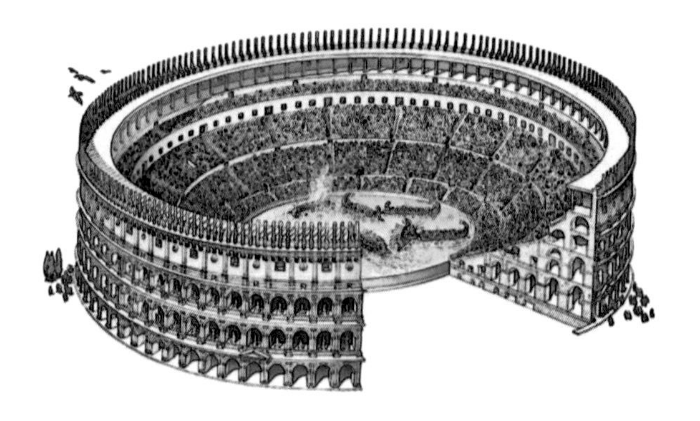

픽사베이 무료 이미지 일러스트: 나우마키아 모의 해전

대전차 경기장 (Circus Maximus)

약 25만 관중을 수용할 수 있던 곳이다. 경사진 비탈로 남아 있는 곳이 모두 계단식으로 지어진 관중석이었다고 하니, 그 거대한 규모에 저절로 입이 떡 벌어진다. 우리 같은 이방인이 고대 전차 경주장인지 모르고 이곳을 지나친다면, 가뭄으로 바닥이 다 드러난 강줄기이거나 우리 서울 옛 송파나루처럼 대홍수를 겪고, 개발 전 샛강 매립으로 잠시 버려졌던 공터쯤으로 생각할 법도 하다.

이곳은 고대 로마인들의 전차 경주장이자, 수많은 그리스도 교인들의 순교 장소이기도 했다. 지금은 로마 시민들이 애용하는 산책 장소이며, 여행객들이 빼놓지 않고 즐겨 찾는 유명 관광지이기도 하다. 고대 로마인들도 경마장을 들고나는 현대인들처럼 경기마다 돈을 걸고 시합을 즐겼다고 한다. 고대인이나 현대인이나 도박과 쇼(경기)를 즐기는 모습은 크게 다르지 않다.

고대인들이 즐긴 쇼는 좀 더 잔인한 원초적 본능이 작동했다면, 현대인들은 그 본능을 문화라는 가면 속에 숨겨가며 짜릿함을 즐기는 것이 닮아 있다. 과학과 의학은 눈부시게 발달해 왔지만, 인문학과 철학은 제자리걸음이라고들 하는 이유들 중 하나가 될 것도 같다.

널따란 대전차 경기장이 휑하다. 로마인들의 찬란했던 고대 유적은 오늘

날 세계 많은 사람들이 즐겨 찾는 명소로 남아있다. 문득 함성과 스릴 넘치던 영화 <벤허>의 한 장면이 떠올라 격세지감을 느낀다.

인생은 짧지만 쉬지 않고 이어온 인류 역사와 그들이 남긴 건축물과 예술, 문화를 보고 느끼며 감탄하는 순간, 어찌 인생이 짧다고만 하겠는가! 싸우고 지지고 볶아도 모두 지구촌 주인공들이다. 승자 뒤에 어두운 그림자로 남겨진 약자의 역사까지 귀하지 않은 것은 없다.

로마 시내 '벤츠 투어'

진실의 입, 포로 로마노, 캄피돌리오 언덕, 인술라 로마나,

베네치아 광장과 조국의 제단

대전차 관광을 마치고 로마 시내 벤츠 투어를 시작한다. 탔다 내렸다를 반복하며 유적지 이곳 저곳을 둘러보느라 정신이 없어, '벤츠를 탔다'는 쾌적함은 느껴지지 않는다. 로마시대 만들어진 잡석(돌) 도로 역시 안락함을 줄수 있는 구조가 아니다. 그러나 우리처럼 바쁜 로마 여행자들에겐 관광의 선택과 집중을 도와주는 것이 바로 이 벤츠 투어다.

진실의 입 (Bocca della Verita)

로마 중심부인 코스메딘 산타 마리아 델라 교회 입구 벽면에는 진실을 심판한다는 얼굴 조각상이 있다. 거짓을 말한 사람이 이곳 대리석 가면 입 속에 손을 넣으면 손이 잘린다는 전설이다. 영화 <로마의 휴일>에서 오드리 헵번과 그레고리 펙의 달달했던 장면으로 더 유명해진 곳이다. 이곳에서 멀지 않은 곳에 있는 '트레비 분수'도 이 영화로 더 유명해졌다.

기원전 4세기쯤 만들어진 것으로 추정되지만, 정확한 기원은 알 수 없는

대리석 가면이다. 강의 신 홀르비오의 얼굴을 조각한 것으로 진실과 거짓을 심판하는 '진실의 입'으로 불린 것은 훨씬 후대의 일이다.

우리가 방문한 시간, 이곳 입구엔 일본 단체 관광객들이 긴 줄을 서 있다. 이곳은 평소에도 30여 분쯤 기다려야 손을 넣어볼 수 있다니, 그렇게까지 할 필요가 있을까! 우리는 쇠창살 안으로 폰 카메라만 디밀어 넣고, 겨우 사진을 한 장 찍고 돌아섰다.

포로 로마노 (Roman Forum)

포로 로마노는 고대 로마 시민들의 생활 중심지로, 캄피돌리오 언덕과 팔라티노 언덕 사이 저지대에 위치하고 있다. 지금은 폐허로 남아있지만, 로마인들이 누렸을 풍족한 일상이 자연스레 그려지는 유적지다.

이곳은 로마 주요 언덕들이 만나는 곳이다. 당시 발전된 정치와 경제로 상

왼쪽 팔레미나 교회, 옆 천주교 성당, 그 앞(사진 정 중앙) 셉티미우스 세베루스 개선문

점, 신전, 바실리카(basilica) 등이 꽉 들어찼던 장소였다. 공화당과 원로원 등 공공건물도 함께 어우러져 로마 시대 정치와 종교의 중심지였다.

셉티미우스 세베루스 개선문 왼쪽 옆으로 천주교 성당이 있고, 그 왼쪽으로 16세기에 지어진 산 주세페 데 팔레냐미 교회(Chiesa di San Giuseppe dei Falegnami)의 오렌지색 건물이 보인다. 2018년 여름, 교회 지붕이 무너져 내렸으나 보수된 상태다. 지붕에 그 흔적이 남아 있지만, 이렇게 건재하니 다행이다. 붕괴 당시 교회의 문은 잠겨 있어서 인명 피해는 없었다.

캄피돌리오 언덕 (Colle Capitolino)

캄피돌리오 언덕은 로마에 있는 일곱 언덕 중 하나다. 해발 35.9m 언덕 위 주피터 신전이 있던 로마 제국 심장부였다. 로마 제국의 상징인 캄피돌리오 광장 입구는 바티칸을 향해 열려 있다. 코르도나타(Cordonata)라 불리는 완만한 계단을 따라 언덕을 오르면 광장에 이른다. 계단 아래서 광장을 올려다

보면, 계단의 높이가 같아 보이지만, 위로 올라갈수록 계단이 넓어진다. 이런 시각적 통일성과 조화로움은 현대인들이 바라보아도 저절로 감탄을 부른다. 천재 예술가 미켈란젤로의 뛰어난 미적 감각으로 만들어진 곳이다.

캄피돌리오 광장은 1547년 미켈란젤로가 설계했다. 그는 대칭을 사랑한 예술가였다. 한쪽에 뭔가를 세우면 반대쪽도 똑같이 세우곤 했다. 고대 로마 문서 보관청이던 위 사진 정면 건물인 세나토리오 궁전은 현재 로마시 청사로, 오른쪽 콘세르바토리 궁전은 현대 미술관으로, 왼쪽 팔라노 누오보 궁전은 캄피돌리오 박물관으로 쓰이고 있다. 궁전 건물 세 채가 둘러싸고 있는 캄피돌리오 광장은 완벽한 대칭구조다. 90도가 아닌 83도의 각도로 대칭을 이루며 배치되어있다.

미켈란젤로의 천재적인 미적 감각이 그대로 드러난 르네상스 건축물과 광장의 완벽한 조화가 새삼 놀랍다. '공공의 공간'인 광장조차 로마와 르네상

바티칸을 향한 캄피돌리오 광장 입구. 중앙 흰 건물 조국의 제단, 옆 앞쪽 아라코엘리 대성당

스 사람들에게는 예술작품이었다. '불편한 것은 참아도 아름답지 못한 것은 참을 수 없다.'라는 현대 이탈리아인들에게도 광장은 예술품인 것 같다.

광장 입구에는 로마 공화정 시절 로마군을 도와 주변 부족들을 물리친 디오스 쿠리 형제 석상(사진 위 왼쪽)도 대칭을 이루며 서 있다. 광장 중앙에는 '마르쿠스 아우렐리우스' 황제의 기마상(사진 위 오른쪽)이 있다. 로마제국 멸망 후, 기독교도들은 로마제국 곳곳에 있던 황제들의 청동상을 녹여 없앴다.

캄피돌리오 광장 마르쿠스 아울렐리우스 황제 동상은 기독교를 공인한 콘스탄티누스 황제 동상으로 오인된 덕분에 온전히 보존될 수 있었다고 한다. 광장에 있는 기마상은 복제품으로 원본은 캄피돌리오 박물관 안에 보관되어 있다. 중앙에 보이는 시청 건물의 종탑은 1578~1582년 마르티노 론기(Martino Longhi) 설계로 건설됐다.

언덕인 이곳은 '세상의 머리'(caput mundi)로 불리다가, 이 명칭이 변해 '수도'란 의미를 지닌 '캄피돌리오'라는 이름이 붙었다. 세상의 머리라 불렸던 이곳도 로마제국이 멸망하면서 황폐한 땅으로 변해갔다. 그러나 르네상스 시대 미켈란젤로를 만나 지금처럼 아름다운 광장으로 거듭 태어났다.

오른쪽 콘세르바토리 궁전 뒤로 돌아가 건물 2층으로 올라가면 시청에서 관리하는 무료 개방 화장실을 이용할 수 있다. 로마도 다른 유럽 도시들처럼 대부분 화장실 사용이 유료다. 이곳은 관리인 한 분이 상주하면서 수시로 청결상태를 체크하고 있어 무척 깨끗하다.

사진 왼쪽 현 로마시청 세나토리오 궁전, 오른쪽 미술관인 콘세르바토리 궁전

이 건물 2층 옥상에서 오른쪽 앞을 바라보면, 우리가 잠시 후에 들릴 조국의 제단 흰 탑 건축물이 가깝게 바라보인다.

가운데 조국의 제단 흰 탑 건축물

캄피돌리오 언덕, 콘세르바토리 궁전 뒤편 풍경

아라 코엘리의 성모 대성당

캄피돌리오 언덕에서 내려오다 보면, 바로 오른쪽으로 아라 코엘리의 성모 대성당(Basilica di Santa Maria in Ara coeli)이 높이 올려다 보인다. 12세기 로마네스크 고딕 건축물인 천단의 성모 성당은 소박해 보이는 외관과 달리 내부는 웅장하고 화려하다.

https://teacupsandbcups.com/wiki/Santa_Maria_in_Ara_Coeli **위키백과 아라 코엘리의 성모 대성당 관련자료**

캄피돌리오 언덕을 둘러보고 조국의 제단이 있는 베네치아 광장으로 내려가는 중, 오른쪽으로 아라 코엘리의 성모 대성당이 있고, 그 바로 아래 낡아 보이는 유적지가 눈길을 끈다. 대성당 아래 허물어진 건물 2채가 보인다. 남아있는 기둥과 초석은 아직도 단단하고 튼튼해 보인다. 이 유적지는 로마 시민들이 아파트로 사용했던 건축물이다.

로마시민들 거주지인 인술라 로마나 (Insula Dell'Ara Coeli)

로마시대에는 인술라와 도무스라는 두 가지 형태 주택이 있었다. 도무스는 귀족들이 사는 호화로운 저택, 인술라는 서민들이 사는 다세대 주택이다. 그때나 지금이나 극명하게 드러나는 빈부 격차를 여기서도 마주하게 된다. 서민들이 살다 간 주택은 신전이나 예술작품보다 유적 가치로서 그 중요성이 덜하다. 우리도 콜로세움, 판테온, 트레비 분수를 보기 위해 서울에서 로마까지 왔지만, 인술라 로마나 유적지에 관해서는 잘 알지 못했다. 이래서 발로 걷는 여행이 중요하다. 패키지여행을 하는 처지이니, 온전히 내 생각대로 찾아다니며 걷는다고 할 수 없지만, 항상 바른 생각을 멈추거나 맑은 눈을 감지 않고 열심히 스케치한다.

로마 인구는 제정 시대 이후 급증한다. 다세대 주택인 인술라 로마나는 많은 사람을 한정된 공간 안에 수용하기 위한 통치 수단이었다. 게다가 당시 부유한 귀족들은 이런 인술라를 몇 채씩 사들여서 임대업으로 돈을 벌었다. 사

고대 로마 서민들의 생활상이 드러나는 인술라로마나

람들의 탐욕스러운 모습은 고대나 현대나 똑같다. 건물주 되는 것이 우리나라 많은 사람들에게도 로망이 아니던가!

인술라는 현대 아파트 기원이 되는 건축양식으로 평가 받고 있다. 당시엔 채광과 통풍이 잘 되지 않아 1층, 2층에서 불을 피우면 음식 냄새와 유해한 공기가 며칠씩 빠지지 않았다고 한다. 위층으로 갈수록 큰 영향을 받는 구조다. 2층에 사는 사람은 침대도 소유하고 요리도 해 먹었지만, 가장 위층에 사는 사람은 지푸라기 위에서 잠을 청해야 했고, 불도 함부로 피울 수 없었다. 1층은 상가이고, 주거공간은 2층부터다. 인술라는 최대 7층까지 지었는데, 이 정도면 연립이라기 보단 아파트에 가깝다.

좁은 공간에 최대한 많은 인원을 수용하기 위해 골목을 사이에 두고 다닥다닥 붙여지었다. 로마 대화재 당시 피해가 가장 컸던 곳도 이런 지역이었다. 현대 아파트는 고층일수록 더 비싸다. 팬트하우스도 최고 층에 둔다. 그러나

인술라 로마나 투시도

인술라에서는 정 반대로 빈민일수록 위층에 살았다.

아래 사진은 로마 투어를 끝내고 숙소로 돌아가는 길, 잠시 멈춰 선 버스 안에서 찍었다. 인술라 이야기가 나왔으니 미리 당겨왔다. 1~ 2층은 고대 인술라 옛 건물이고, 3~4층은 새로 쌓아 올려 만든 현대 로마인들이 살고 있는 다세대 주택이다. 현대식 리모델링이다. 로마는 항상 과거와 현재가 공존한다.

인술라 로마나 2층 유적 위에 다세대 주택을 올려지은 로마의 리모델링

베네치아 광장 정면인 북쪽이 코르소 거리이고, 우리가 내려온 캄피돌리오 광장은 조국의 제단 남쪽에 있는 셈이다. 베네치아 광장에서 캄피돌리오 광장으로 오르는 관광코스도 많이 애용되지만 우리는 반대로 돌았다.

베네치아 광장 (Piazza Venezia)과 조국의 제단 (Altare della Patria)

벤츠를 타고 바라본 조국의 제단

베네치아 광장은 1871년 이탈리아 통일을 기념하기 위해 조성됐다. 조국의 제단은 이탈리아를 통일한 비토리오 엠마누엘레 2세를 기리기 위한 곳이다. 건축가 주세페 사코니 설계로 1885년 착공, 1911년 완공했다. 초대 국왕 비토리오 엠마누엘레 2세 기념관(Vittorio Emanuele II Monument)인 이곳은 신고전주의 양식의 백색 대리석 건축물이다. 건물 형태가 타자기를 닮아 '타이프라이터'라는 별명도 갖고 있다. 조국의 제단 계단 위로 무명용사 무덤이 있고, 중앙에는 비토리오 엠마누엘레 2세 기마상이 위용을 드러낸다.

베네치아 광장은 테르미니 역과 함께 로마 교통의 중심지로 일명 '로마의 배꼽'이라 불리기도 한다. 이곳은 로마 시내 주요 도로가 만나는 로터리다. 돌을 깔아 만든 울퉁불퉁한 자동차 도로는 유구한 세월의 깊이를 저절로 느끼게 한다. 조국의 제단 옥상 전망대에서는 시내 전경을 한눈에 내려다볼 수 있다. 우리 모녀도 계단에 여유롭게 앉아 로마인들처럼 담소를 나누며 눈부신 햇살이라도 쬐고 싶지만, 이렇게 바라보며 지나쳐 간다. 오늘은 여유롭게 머물지 못하고 바삐 흐르는 순간들이 이어진다.

우주를 상징하는 판테온 신전에서 고대 신들을 만난다

트라야누스 포룸, 수프라 미네르바 성당

트라야누스 포룸(Foro di Traiano)과 원주(Trajan's Column)

트라야누스 포룸은 베네치아 광장 북동쪽 가까이 있다. 로마 황제 트리야누스를 기념하기 위한 포룸으로 현재, 시장 부분과 원주만 남아있다. 이 포룸은 원로원의 명으로 106년에 종결된 다키아 정복에서 나온 전리품으로 지어졌다. 트라야누스 포룸은 112년, 원주는 113년에 각각 준공했다.

로마 시내 포룸에는 황제를 찬양하는 기념 건축물들이 가득하다. 이곳 포룸에도 하늘 높이 치솟은 둥근 원기둥이 그대로 남아 있어 그 위용을 자랑한다. 이 원기둥은 트라야누스 황제의 다키아 전쟁 승리를 기념하는 부조(미술 조각)들로 가득 차 있다.

전쟁 서사시가 가득 새겨져 있는 트라야누스 원주

포룸이란 광장의 기능은 물론 정치, 경제, 문화적 기능까지 수행한 복합구조물이다. 앞서 둘러본 포로 로마노의 포로도 포룸을 뜻한다. 황제는 자신의 업적을 기리고, 로마 시민들에게는 공공 편의시설을 제공한 셈이니 일거양득의 건축물이다.

산타 마리아 수프라 미네르바 성당(Basilica di Santa Maria sopra Minerva)

미네르바 성당은 로마에 있는 유일한 고딕 양식 성당이다. 초기 기독교 성당들처럼 미네르바 여신에게 바친 신전이었던 곳에 지어져 이런 이름을 갖게 됐다. 평범해 보이는 수수한 외관과 달리 내부는 밝은 계통의 붉은색 서까래와 푸른색, 금 도금한 별들이 그려진 아치형 둥근 천장이 있는 19세기 고

산타 마리아 수프라 미네르바 성당

딕 양식이다. 피냐 구획에 인접한 작은 미네르바 광장에 있다.

판테온(Pantheon)

판테온은 그리스어의 '판테이온'에서 유래한 말로 '모든 신을 위한 신전'이라는 뜻이다. 세계 최초의 돔 건축물이자 서양 건축사상 불후의 명작으로 꼽히는 위대한 문화유산이다. 판테온은 모든 신들을 위해 인간이 할 수 있는 최고의 설계와 최대의 아름다움을 보여주는 걸작이다. 위대한 예술가 미켈란젤로도 '사람이 아닌 천사의 디자인'으로 만들어졌다고 찬양했다.

판테온은 기원전 27년 아그리파가 올림포스 신들에게 제사를 지내기 위해 처음 세웠다고 전해진다. 아그리파 집정관 때 처음 만들어진 건축 흔적이 석판에 그대로 남아 있다.

서기 67년 7월 로마 대화재로 판테온 신전 일부도 훼손되었다. 다시 80년

에도 신전에 큰 불이 났고, 125년 하드리아누스 황제에 의해 재건된다. 청동으로 된 거대한 정문과 석조 돔은 118～128년경 하드리아누스 황제 때 지었던 원형 그대로의 모습을 지금까지 간직하고 있다. 지붕이 금으로 도금되었지만 교황 우르바노 8세에 의해 없어졌다고 한다.

판테온은 609년 교황 보나파시오 4세에 의해 가톨릭 성당(Basilica di Santa Maria ad Martyres)으로 개축되어, 중세를 거치면서 건축물 훼손을 막을 수 있었다. 고대 로마인들이 사랑했던 수많은 신들도 로마인들이 사라져 간 자리를 다른 이들의 신에게 내어 줄 수밖에 없었다. 지금 이탈리아 반도에 살고 있는 사람들도 로마제국의 유일한 후예가 아니라고 한다. 혈통과 역사로 봐도 현대 이탈리아인은 고대 로마인의 후손이라고 볼 수 없다

르네상스 시대 판테온은 무덤으로 사용되었다. 이탈리아 화가 라파엘로와 카라치, 황제 비토리오 엠마누엘레 2세, 움베르토 1세 등이 묻혀 있다.

판테온 후면인 남동쪽 / 판테온 신전 왼쪽

판테온은 현재 가톨릭 성당으로 미사 집전과 종교 행사장으로 이용되고 있다. '국가적 영예가 있는 자에게 바쳐지는 건물'이라는 뜻으로 사용된다.

로톤다 광장, 오벨리스크 마쿠테우스와 판테온 분수

오벨리스크 마쿠테우스(Obelisco Macuteo)는 이집트 카이로 근처 헬리오

폴리스(Heliopolis) 태양신 신전 앞에 있던 것을 고대 로마로 옮겨온 것이다. 18세기 초 판테온을 장식하기 위해 다시 이곳으로 옮겼다. 이 오벨리스크의 높이는 6.34m로 이집트의 일반적인 오벨리스크들보다 작다.

로톤다 광장, 오벨리스크 마쿠테우스와 판테온 분수

판테온 분수 위 오벨리스크에는 태양신과 파라오 업적을 찬양하는 기념

비적인 글들이 새겨 있지만 그 위에 십자가가 올려졌고, 기단에는 로마 교황 클레멘스 11세를 상징하는 문장이 새겨져 있다. 이집트 태양신을 위한 이 오벨리스크 마쿠테우스도 전쟁에 승리한 고대 로마인들의 손에 끌려 이곳까지 와야 했으니, 이집트인들 입장에서라면 서글픈 생각이 들지 않을까?

판테온 분수(Fontana del Pantheon)는 코모 델라 포르타가 설계했고, 레오나르도 소르마니가 조각한 여러 작품들이 장식되어 있다. 조각 장식을 가까이 가서 보면 흉측한 모습이 무섭다기보다는 흥미롭다. 귀엽다는 사람도 있기는 하다. 이 정도 모습쯤은 갖추고 있어야 태양신을 잘 보필하려나!

드디어 설레는 마음으로 판테온 신전 안으로 들어간다. 판테온 내부는 여러 개 두꺼운 벽체가 둥글게 감싸 안은 돔 구조다. 벽에 창문은 하나도 없다. 빛이 들어오는 유일한 통로는 둥근 천장 구멍뿐이다. 태양 빛이 스며드는 이 천창은 '오큘러스'라 불리며, 신전 내부를 밝혀주는 유일한 자연조명이다.

판테온으로 들어서면, 하늘로부터 내리는 빛을 마주하게 된다. 고개 들어 돔 천창을 바라보는 순간, 고대 로마의 어떤 신들과 교류할 것만 같다. 그 찬란한 빛을 타고 신성한 느낌이 전해진다. 신기한 것은 판테온 천창으로는 빗물이 들이치지 않는다는 것이다. 더운 공기는 위로 향한다. 판테온 철문을 닫으면 내부 더운 공기가 위로 상승하고 천창으로 빠져나가기 때문이다.
천창은 냉각과 통풍기능이 있다. 폭풍이 불 때는 바닥 아래 배수 체계가 천창 개구부를 통해 쏟아지는 빗물을 조절하기도 한다. 지금이야 과학적으로 밝혀진 사실이지만, 고대인들은 어떻게 이런 과학적인 현상을 응용, 웅장한 건축물을 설계하고 만들었을까? 바라볼수록 놀랍다. 혹, 고대 그리스 로마의 많은 신들이 직접 로마인들을 찾아와 슬며시 알려주고 간 것은 아닐까?

인간의 손으로 만들어진 고대 건축물이 유구한 세월과 갖은 세파 다 견뎌내며, 이렇게 완벽하게 보존되어 왔다는 사실이 경이롭다. 한번 왔다가는 인

판테온 천장 구멍인 오큘러스로 들어오는 햇빛이 신비롭고 눈부시다.

생은 덧없이 짧은데, 그 짧은 삶아생전 어떤 사람들이 남겨놓은 예술품은 참으로 긴 세월조차 무색하게 한다. 판테온 신전이 품어 온 수많은 신들도 그동안 이곳에 찾아와 경탄과 놀라움을 금치 못하고 사라져 간 사람들의 숫자만큼이야 많았을까!

판테온 신전은 다신교였던 로마의 모든 신들에게 바치는 신전이었다. 그래서일까, 지금도 이곳에선 신과 인간이 함께 누워 긴 휴식을 취하고 있는 느낌이 든다. 신도 많고 그 신을 사랑하고 아끼던 인간들은 더 많았지만, 서로 균형을 이루며 함께 이곳에 머물기도 하고 스쳐가기도 했다. 혹시, 번개를 몰고 다니던 하늘의 신 제우스도 아직 여기 머물고 있진 않을까?

제우스신과 바다의 신 포세이돈은 건강하게 균형 잡힌 신체의 완벽한 비율을 보여준다. 당시 세워진 그리스 미학은 로마시대 미학이 되었고, 지금까지도 유효하다. 참 대단하다. 고대 그리스인과 로마인의 완벽한 인체 비율이 현재까지 모두 그렇게 닮고 싶어 하는 인간의 겉모습이라니!

판테온 신전 내부

이 비율 때문에 키 작은 동양인들은 괜히 위축되던 시절도 있었다. 현대는 다양성과 개성을 중시한다. 모두 각자의 모습을 사랑하며 산다. 그러나 그 밑바탕엔 그리스 로마시대 제우스신과 비너스 여신의 멋진 비율과 아름다운 몸매가 요지부동으로 뇌리 속에 꽉 박혀있다.

판테온 돔은 건물 전체 높이의 정확히 반을 차지한다. 바닥에서 천창까지 높이와 돔 내부의 원 지름은 43.3m로 똑같이 균형을 이룬다. 기둥 없이 두께 6m 벽체만으로 받치고 있어, 무게를 줄이기 위해 위로 갈수록 벽 두께가 얇아진다. 돔 가운데 뚫린 지름 9m 창으로 빛이 들어오면, 신전 안은 신묘하기까지 하다.

콘크리트가 사용된 판테온 돔은 오늘날 같은 철근 콘크리트 기술이 없던 시절, 그 콘크리트 무게를 견디도록 시공하는 것이 관건이었다. 고대 로마인들은 돔의 무게를 줄이기 위해 판테온 돔의 상하부 두께와 재료 배합을 모두 다르게 적용했다. 천장 사각의 음각 문양도 하중을 줄이기 위한 것이다. 돔 하부 두께는 6.2m에 달하지만 상부는 2.2m까지 줄어든다. 이런 작업 과정을 알고 나니, 판테온이 더 놀라워 보인다. 판테온 신전이 왜 위대한 건축물인지, 얼마나 특별한 인류 문화유산인지 다시 각인된다.

로톤다 광장에서 로마의 3월 햇살을 등지고 선 레드루와 주주

판테온의 그리스식 입구는 북쪽을 향하고 있다. 4세기경에 증축되었으며 코린트 양식 기둥이 웅장해 보인다. 터키 이스탄불의 아야 소피아 박물관과 함께 석조 돔으로는 세계 최대 규모다. 판테온 신전은 현존하는 로마 건축물

판테온 입구에서 바라본 로톤다 광장. 오벨리스크와 판테온 분수

중 가장 완벽하게 보존되어 있다. 거대 돔 신전으로 지구 상에 남아있는 제일 오래된 건물이다. 그리스에 파르테논 신전이 있다면, 로마에는 판테온 신전이 있다. 고대 건축물이 이토록 과학적이고 균형 잡힌 견고함과 아름다움을 전해 주다니, 그 건축 미학이 그저 계속 놀랍기만 하다. 세계 각국에서 찾아온 사람들이 오벨리스크와 판테온 분수 앞에서 쉬어가기도 하고, 바삐 스쳐가기도 한다.

<로마의 휴일> 헵번처럼 즐긴

트레비분수와 스페인광장

트리니타 데이 몬티 계단과 성당, 성 천사성

트레비 분수 앞에 섰으나, 분수 앞으로 비집고 들어가기도 힘들 만큼 많은 사람들로 붐빈다. 사람들 속에 파묻혀 있다 보니, 빤히 보이는 분수까지 거리도 멀기만 하다. 인파 속을 떠밀려 다니다 보니 허리에 차고 있던 힙색(hip sack)을 몇 번씩 만져보며 안전을 확인하기도 한다.

오늘(3월 4일) 로마 하늘은 어찌나 맑고 투명하던지, 미세먼지 가득한 서울 회색빛 하늘과 답답한 대기질이 생각나 괜한 시새움이 났나. 현대 로마인들은 미세먼지 걱정 안 하고 산다니, 시새움이 어느새 부러움으로 바뀐다.

비단에 수놓은 듯한 아름다운 금수강산이 병들어가고 있는 현실을 생각하면, 마음이 타 들어 간다. 로마에서도 아침마다 스마트 폰으로 잠시 뉴스를 들여다보는데, 오늘도 서울은 온통 미세먼지로 가득 차 있더라. 딱히 개선 방법도 없이 온 국민이 고통 받고 있는 현실이 답답하다.

사진출처: 픽사베이. 오른쪽과 왼쪽 인어 바다의 신 트리톤, 가운데 대양의 신 오케아노스

트레비 분수 (Fontana di Trevi)

바로크 양식의 분수로 1732년 니콜라 살비(Nicola Salvi)가 설계, 1762년 피에트로 브라치(Pietro Bracci)가 완성했다. 분수 중앙, 해마가 끌어올린 커다란 조개 위에는 대양의 신 오케아노스가 있고, 양 옆은 인어 바다의 해신 트리톤이다. 트리톤(Triton)은 해양의 신인 넵튠(Neptune) 즉, 넵투누스의 아들이다. 그리스 신화의 넵투누스는 로마 신화의 바다 신 포세이돈과 동일하진 않지만 거의 비슷한 신으로 본다. 그의 상징은 말, 삼지창, 돌고래, 황소다. 트리톤도 아버지 넵튠처럼 삼지창을 갖고 있다. 트리톤은 소라껍데기 뿔을 사용하여 사람과 파도를 흔들거나 진정시킨다. 위 사진에서 오른쪽은 고요의 바다를 왼쪽은 격동의 바다를 표현한다.

분수를 등지고 서서 동전을 던져 넣으면 다시 로마를 방문할 수 있다는 전설로, 우리에게도 널리 알려진 곳이다. 영화 <달콤한 인생>(The Sweet Life, 1960)과 <로마의 휴일>(Roman Holiday, 1953)로 더 유명해졌다. 이곳은 언제나 많은 사람들이 찾는 로마의 유명한 관광 명소다.

트레비 분수에 다시 물이 차고 있는 중

하필, 우리가 도착한 시간이 트레비 분수 물청소가 끝나갈 즈음이었다. 사람들에게 떠밀려 겨우 들어선 곳은 분수의 오른쪽이다. 금세 다시 인파에 밀려날 것만 같고, 트레비 분수에는 아직도 계속 물이 차고 있는 중이다.

광장 가까이 있는 트레비 카페도 붐볐다. 맛있어 보이는 색깔별 젤라토(gelato)가 우리 시선을 꼬옥 잡는다. 이곳은 카운터와 아이스크림 준비하는 곳이 분업화되어 있다. 카운터에서 계산부터 하고 젤라토를 준비하는 직원에게 그 영수증을 건넨 후, 원하는 맛을 고르면 된다. 나는 망고 맛, 레드루는 산딸기(Frutti di bosco) 맛을 골랐다. 노랑과 연보라 색 조합이 예쁘다. 일단 눈으로 먼저 콕 찍는다. 그런데 의사전달이 잘못되었는지, 두 가지 맛이 한 콘에 담겨 나왔다. 어차피 우리는 서로 바꿔서 맛 볼 생각이었으니, 오히려 더 잘 되었다.

주주와 레드루는 트레비 분수로 더 이상 가까이 가지 못한 채, 분수가 바라보이는 성당 앞 계단에 주저앉아 로마 젤라토를 먹으며 잠시 여유로운 시간을 갖는다. 시원 상큼했던 젤라토 맛은 지금도 잊을 수 없다. 트레비 분수를

바라보며 먹었으니 더 좋았겠지! 살아온 세월조차 잊은 채, 딸과 친구처럼 장난치며 먹었다. 살아생전 트레비 분수에서 이런 분위기에 다시 젖어 볼 수 있기나 하려나! 사람들로 붐비는 도로와 복잡한 상점을 들고 나자니 정신이 없었지만, 로마 젤라토를 맛본 것은 잘한 일이다. 우리는 언젠가(someday) 다시 로마로 돌아와 트레비 분수에 동전을 던져 넣자고 약속한다.

스페인 광장 (Piazza di Spagna)

17세기 스페인 대사관이 있던 장소여서 스페인 광장이라 불려왔다. 스페인 광장 주변으로 쇼핑 스트리트가 밀집해 있다. 이곳은 현지인들과 관광객들이 어우러져 항상 붐빈다. 바이런, 리스트, 괴테, 발자크, 안데르센은 로마에 들렀을 때, 스페인 광장 주변에서 살았다고 전해진다. 스페인 계단(트리니타 데이 몬티 계단) 오른쪽 광장 26번지, 영국 천재 시인 존 키츠가 26세 젊은 나이로 숨을 거둔 집이 있다. 현재 이 집은 존 키츠(1795년~1821년)와 퍼시 셸리(1792년 ~ 1822년)의 기념관으로 남아있다.

위 사진 정면 오른쪽이 교황청 스페인 대사관이다. 입구 위로 스페인 국기도 보인다. 대사관 앞에는 성모의 원주(Colonna dell' lmmacolate) 높다란 기둥이 보인다. 이곳을 지나 큰길을 따라 좀 더 걸어가면 활기찬 스페인 광장이다. 광장 주변으로는 쇼핑 스트리트가 밀집해 있다. 이곳은 현지인들과 각국 관광객들이 어우러져 항상 붐빈다.

왼쪽 바르카차 분수, 오른쪽 트리니타 데이 몬티 성당과 계단

스페인 광장으로 들어서면, 트리니타 데이 몬티 계단(Scalinata di Trinita dei Monti)과 바르카차 분수(Fontana della Barcaccia)가 보인다. 분수는 로마시를 흐르는 테베레강에서 와인 운반하던 낡은 배를 본떠서 만들어진 것이다. 바로크 시대 조각가이며 건축가인 로렌초 베르니니의 아버지인 피에르토 베르니니가 제작했다. 홍수가 지나간 자리에 남겨진 조각배를 보고 영감을 얻어 만들었다.

바르카차 분수 물은 식수로도 사용된다. 이 물은 수질이 좋기로 유명한 로마 용출수 중, 트레비 분수와 함께 가장 맛있는 물로 알려져 있다. 깨끗한 도시 환경, 맑은 용출수, 밝게 빛나는 태양과 투명한 파란 하늘이 아름답게 조화를 이룬 곳이지만 로마에서도 음료수는 꼭 사서 마셔야 한다. 용출수 수질은 좋다지만, 실제 시민들이 사용하는 수돗물에는 석회성분이 많아 그대로 마시는 것은 곤란하다. 호텔 화장실에도 석회성분을 한 번 더 걸러주는 장치를 해둘 정도이다. 역시 안전하고 깨끗한 수돗물은 대한민국이 최고다!

스페인 계단은 영화 <로마의 휴일>에서 오드리 헵번이 젤라토를 먹던 배경 장면으로 나와, 젊은 시절 가슴을 설레게 했던 곳이다. 이런 낭만적인 곳에 주주와 레드루가 나란히 함께 있다니 감개무량하다. 오드리 헵번은 이미 이 세상 사람이 아니다. 그러고 보니, 나 역시 시공간을 넘어 참 멀리까지 와 있구나. 스페인 계단을 오를 때와 내려갈 때 그 생각과 느낌, 들이쉬고 내쉬는 숨소리까지 모두 다르다. 오르내리고, 오며 가고를 반복하며 살다가 어느 시점에 멈춘다. 영원할 것 같은 세상에 모두 잠시 머물다 가는구나. 아름다운 스페인 광장에 남긴 우리 발걸음과 마음도 이렇게 잠시 머물다 간다.

트리니타 데이 몬티 성당(Chiesa della Trinita dei Monti)

우리는 스페인 광장에 있는 137개 트리니타 데이 몬티 계단을 밟고 올라간다. 계단은 1725년 건립되었다. 계단 위엔 로마 가톨릭 트리니타 데이 몬티 성당 흰 건물이 있다. 1585년 완공된 로마 가톨릭 교회 성당이다.

https://trinitadeimonti.net/en/homepage/ **성당 홈페이지**

스페인 광장이 로마 시내 벤츠 투어의 마지막 장소다. 숨 가쁜 일정이었지만 벤츠를 타고 빠르게 이동했기에 이렇게 여러 장소를 다 돌아볼 수 있었다. 구글 지도에서 오전 중 다녀온 로마 테베레강 오른쪽과 이어 방문할 바티칸 미술관을 다시 짚어보니, 비로소 로마가 한눈에 들어온다. 전세버스는 로마를 동서로 가르며 유유히 흐르는 테베레강을 끼고 달린다.

성 천사성(산탄젤로성, Castel Sant'Angelo)

사진출처: 위키백과, 산탄젤로 다리

원형 건축물인 성 천사성은 하드리아누스 영묘다. 하드리아누스는 14대 로마 황제(76년~138년)로 트라야누스 황제의 사촌 형제 아들이다. 테베레강이 바라보이는 성 천사성은 하드리아누스 황제가 자신과 가족을 위해 세운 무덤이다. 로마제국 멸망 후 교황청 요새와 교도소로 사용되기도 했으며, 현재는 군사 박물관이다. 성의 정면에 고대 세워진 산탄젤로 다리가 있다. 이 다리는 아직도 로마에서 산탄젤로 성으로 들어가는 입구를 지키고 있어 장관을 이룬다.

테베레강(fiume Tevere)은 포강(Po river)과 아디게강(Adige river) 다음으

로 긴 강이 다. 이 강은 이탈리아 중부 로마를 관통하고, 티레니아 해로 흘러간다. 로마를 남북으로 흐르며, 총 길이는 406km이다. 로마 건국 신화에 나오는 로물루스와 레무스 형제가 버려진 강이기도 하다. 그들은 성장해서 강 하류에 도시를 건설한다. 이 도시는 로물루스 이름을 따서 세계적인 도시 로마가 된다. 테베레강은 로마제국을 있게 한 뿌리다.

강폭이나 길이는 서울을 동서로 흐르는 한강(본류 총 연장은 494km)에 못 미친다. 한강은 한강대로, 테베레강은 테베레강대로 역사적 배경과 위치가 다른 만큼 그 고유한 가치를 서로 비교할 필요는 없다.

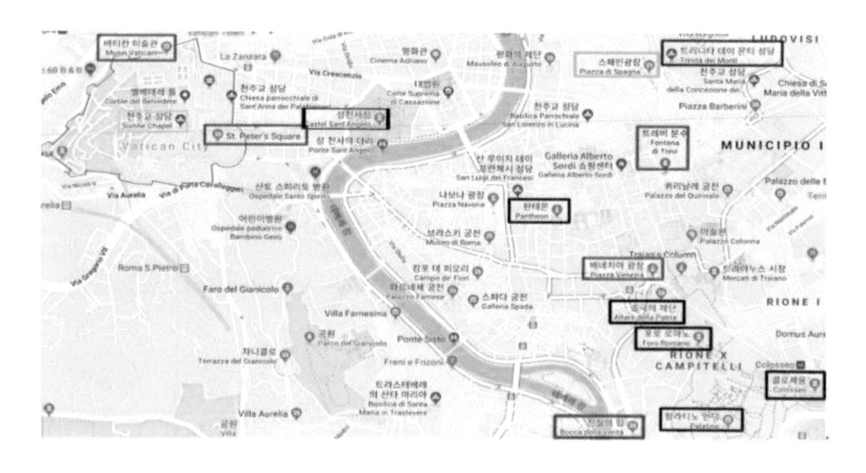

바티칸, 비오 클레멘스 미술관 그리스 로마 조각품들

바티칸 박물관, 솔방울 정원, 라오쿤 군상과 벨베데레 토르소 진품 감상

바티칸 시국(Vatican City State)

바티칸 시국은 현존하는 세계 유일의 선거 군주국이자 신정국으로 로마시에 둘러싸인 내륙국이다. 1984년 도시 전체가 유네스코 세계 유산으로 지정되었다. 국경은 벽돌로 쌓인 높은 성벽으로 둘러쳐져 있다. 적의 침입을 대비하기 위한 다른 중세 도시들과 크게 다를 바 없는 걸 보면, 신이 주관하는 시국이 아니라 신을 흠모하고 아끼는 사람들이 사는 평범한 도시국가란 생각이 든다. 암튼 옛날이나 지금이나 신이 너무 멀리 계신 듯 느껴지는 건 아쉬운 일이다. 무척 아담한 도시여서 한 국가란 생각이 들진 않는다.

바티칸 박물관(Musei Vaticani)

바티칸 박물관은 16세기 교황 율리오 2세가 설립했다. 바티칸 박물관과 통하는 경로는 시스티나 성당과 라파엘로가 장식한 서명의 방이다.

바티칸의 높은 성벽, 가운데 박물관 옛 출입문

바티칸 시국의 성벽 아래 있는 출입구는 예전 박물관 입구였다고 한다. 바티칸 박물관 옛 입구 위 조각상 왼쪽은 미켈란젤로, 가운데 교황 비오 11세 문장, 오른쪽이 라파엘로다. 자세히 올려다보면, 조각가 미켈란젤로는 망치를, 화가 라파엘로는 팔레트를 각각 들고 있다.

바티칸 미술관은 시스티나 예배당을 포함, 바티칸 내에 있는 여러 미술관과 갤러리를 모두 포함한다. 이곳은 레오나르도 다빈치, 미켈란젤로 부오나로티, 라파엘로 산치오 등의 대가들이 남긴 르네상스 걸작 회화와 역대 교황들이 수 세기 동안 수집한 위대한 작품들을 소장하고 있다.

바티칸 박물관은 대영박물관, 루브르 박물관과 함께 세계 3대 박물관이다. 인류사에 길이 남을 모든 보물들이 이 세 곳에 다 모여 있다 해도 과언이 아니다. 입장하는 곳에서 긴 줄로 늘어서서 보안 검색대를 통과해야 하고, 경비도 삼엄하다. 유럽에선 종종 테러 관련 뉴스가 들려오기도 하니, 줄을 서서 오랫동안 기다려도 당연하다 싶다.

가이드로부터 입장권을 받아 들고, 바티칸 박물관으로 들어간다. 길게 늘어선 줄을 따라 천천히 2층으로 올라간다. 붐비는 사람들 속에서 한쪽 귀에 꽂은 가이드와 연결된 이어폰 소리도 영 시원찮게 들린다. 어디로 가는지 무엇을 볼 것인지 설렘보다는, 제대로 돌아볼 수나 있을지 살짝 걱정이 앞선다. 안팎으로 인산인해를 이루고 있어서. 입장권 앞쪽에 그려진 두 사람은 라파엘로 명화 <아테네 학당> 중앙에 등장하는 플라톤(왼쪽)과 아리스토텔레스

바티칸 미술관 입장권 앞 뒤

다. 두 사람은 동시대 인물이 아니지만, 라파엘로 명화 덕분에 한 곳에서 만나던 할아버지들이다. 이들을 바티칸 박물관 입장권에서 다시 만나니, 이 또한 작은 기쁨이다.

2층 옥상정원으로 나서면 성 베드로 성당이 정면으로 보인다. 잠시 눈에 보이는 대로 바티칸 박물관 외관과 스퀘어 가든을 쓱 스케치하고 다시 건물로 들어 선다. 입구 가까이 미켈란젤로 '피에타'가 보여, 반가운 마음으로 인

2층 옥상 정원에서 보이는 성 베드로 성당 돔

미켈란젤로의 피에타, 1499년

파를 비집고 다가섰지만 진품은 성 베드로 성당에 있다. 나중에도 성 베드로 성당은 박물관 출구 한편으로만 이용한 채 인파 속을 밀려 나왔으니, 진품 피에타는 만나지 못했다.

피에타는 자비심, 경건한 마음을 의미한다. 성모가 십자가에서 내려진 그리스도 시신을 무릎에 안고 비탄에 잠겨 있다. 이 피에타 상은 미켈란젤로 작품 가운데 그의 서명이 기록된 유일한 것이다. 피에타는 피렌체에 있는 다비드상, 로마 산 피에트로 대성당에 있는 모세상과 더불어 미켈란젤로 3대 작품으로 꼽힌다.

바티칸 박물관을 반나절 3~4시간 돌아보는 것으로 어찌 인류사 길이 남을 명화와 조각품을 모두 돌아 볼 수 있겠는가! 아쉽지만 이곳에서도 선택과 집중을 기꺼이 받아들인다.

바티칸 박물관 스퀘어 가든

'천지창조'와 '최후의 심판' 안내도가 여러 곳 설치된 박물관 스퀘어 가든과 오른쪽 회화관 건물

시스티나 예배당으로 가기 전, 회화관(피나코테카) 건물 앞 바티칸 스퀘어 가든에서 먼저 '천지창조'와 '최후의 심판' 안내도를 보며 가이드 설명을 열심히 듣는다. 그 유명한 천지창조 천장화와 최후의 심판 벽화는 여기서 이렇게 바라보는 것으로 1차 만족해야 한다. 이 위대한 작품은 사람들이 너무 많이 몰려서 사진 촬영 금지가 아니라, 천지창조를 복원한 일본 기업 NHK 때문이란다. NHK는 복원작품에 대한 저작권을 소유하고, 사진 촬영을 금지했다. No Flash가 아니고, No Photo다. 이렇듯 복원 가능하다면, No Flash가 좋았을 텐데! 그래서 시스티나 예배당 전체가 촬영 금지구역일까?

아무튼 관광객들은 시스티나 천장화 천지창조, 최후의 심판 벽화 사진 안내도 앞에서 열심히 미술공부를 하고 나서야 박물관 투어를 시작한다. 시스티나 예배당 안에서는 가이드 행위도 금지라니, 안내도 앞에서 미리 가이딩을 받으라는 것인가 보다. '이곳 관리하는 분들, 참 친절도 하셔라!' 관광객 수요가 많으니 사진 안내도도 여러 곳에 설치되어 있다. 이런 상황이 썩 마음에 들진 않지만, 로마에 왔으니 로마 규칙을 따를 수밖에.

30분 넘게 햇볕 받으며 한 곳에 서서, 서양미술사를 공부한다는 게 어디 쉬운 일인가! 다리가 아프고, 3월 청명한 하늘에서 내리는 햇빛으로 머리도 지끈거린다. 여행사에서 미리 자료를 주는 것도 한 방법이 될 듯한데, 자료가 방대하니 준비하기도 어려울까? 한 여름, 가림 막도 차양도 없는 정원에 그대로 서서 미술사를 공부해야 하는 사람들은 어찌 하려나!

차라리, 바티칸 미술관을 찾는 이들은 모두 서양미술사 고대 -> 중세 -> 르네상스 -> 바로크 -> 18세기-> 로코코 아니 신고전주의 -> 낭만주의까지 다시 공부하고 와야 입장할 수 있다고, 규정화 하는 게 낫겠다. '규정화'는 물론 농담이지만, 더 좋은 방법이 없을지 고민할 필요는 있지 않을까?

한 곳에 가만히 서서 미켈란젤로 천장화 설명을 열심히 듣다보니 다리가 아파 온다. 잠시 정원 의자로 가서 앉으니, 가이드 목소리도 멀어진다. 서양미술사 공부도 여기서 끝! 마치 여러 장의 화보를 한 장에 담아 쓱 넘겨 본 느낌이다. 솔직히 집에서 책이나 노트북을 펼쳐들고 편히 앉아 여유롭게 감상하는 것보다 낫다고 느껴지지 않았다. 회화관은 건물 외관만 사진에 담아

두고, 솔방울 정원으로 향한다. 회화관을 패스했으니 다빈치의 모나리자, 라파엘로 아테네 학당 명화도 못 보고 간다. 솔직히 바티칸 미술관에 다녀왔다고 말하기가 무색할 정도다.

솔방울 정원(피냐 Pigna 가든)

솔방울 정원에서는 커다란 청동 솔방울과 2마리 새 조각상이 먼저 눈에 띈다. 이곳은 바티칸 미술관에서 민간에 개방하고 있는 정원이다. 정원 정면에 4m의 대형 솔방울 동상 뒤로 보이는 신관이 브라초 누오보 건물이다.

건물 뒤쪽으로 벨베데레의 안뜰, 비오 클레멘스 미술관 등이 있다. 청동 솔방울은 성 베드로 성당 정원에서 옮겨 왔다. 로마인들은 사시사철 푸른 상록수를 사랑했다는데, 우리와 다르지 않은 감성이다. 상록수 열매인 솔방울은 '영원한 로마'를 상징하는 심벌이다.

아르날도 포모도로 작품인 '천체 속의 천체' 황금빛 구

솔방울을 감상하고 뒤로 돌아서면, 정면으로 '천체 속의 천체'(Sfera con Sfera) 황금 구가 보인다. 바티칸에서 우리가 본 유일한 현대 작품이다. 멀리서 봐도 번쩍이는 현대적인 느낌이 드는 구가 금방 눈에 들어온다. 1960년 로마 올림픽을 기념하여 제작했다. 환경오염으로 병들어 가는 지구를 형상화한 작품으로 황금 구형이 지구처럼 돈다.

바티칸 미술관은 **비오 클레멘스 미술관**과 **시스티나 예배당** 등 총 54곳의 전시관으로 구성되어 있다. 시스티나 예배당은 미술관 가장 끝자락에 있다. 관람객들이 시스티나 성당으로 들어가려면, 다른 전시관들을 모두 둘러보아야 한다.

비오 클레멘스 미술관

그리스 로마와 르네상스 시대의 조각 작품들을 소장, 전시한 곳이다. 미술관과 전시실은 클레멘스 14세 후임자인 교황 비오6세에 의해 확장됐다.

* 벨베데레의 안뜰(팔각 정원)

벨베데레의 정원(Cortile del Belvedere)은 교황 안토켄티우스 8세를 위해 지은 별장의 안뜰로 팔각 정원으로도 불린다. 중앙 작은 분수대를 중심으로 여덟 개의 각 벽면을 따라 많은 대리석 조각상들이 전시되어 있다. 이곳도 관람객들로 엄청 붐빈다.

사진 위, 벨베데레의 팔각 벽면 중 한 곳 / 사진 아래, 벨베데레의 팔각 정원

그리스 십자형 전시 방, 3세기경 로마제국의 모자이크 장식 카펫

* 그리스 십자형 전시 방(Sala a Croce Greca)

비오 클레멘스 박물관 출입구 쪽에 위치한 전시실이다. 방의 형태가 십자가 모양이라 '십자가형 전시 방'이라 불린다. 전시실 바닥 중앙에는 모자이크 장식 카펫이 깔려 있다. 아테네 여신을 묘사한 작품으로 고대 로마 별장에서 가져온 것이라고 한다. 그리스 십자형 전시실에는 콘스탄티누스 대제와 성녀 헬레나, 대제 딸 콘스탄차 석관이 전시되어 있다.

우리에게 알려진 유명한 작품은 없지만, 대리석으로 표현된 다양한 조각상들의 표정과 생동감 넘치는 근육 등의 표현이 나무랄 데 없이 훌륭하다.

키아라몬티관 석상들의 다양한 표정

* 키아라몬티관(Museo Chiaramonti)

키아라몬티관은 긴 복도를 따라 다양한 석상들이 쭉 늘어서 있다.

* 뮤즈의 방(Sala delle Muse)

팔각정 안뜰은 유명한 <벨베데레 토로소>를 비롯한 많은 작품들이 전시된 뮤즈 방으로 연결된다. 뮤즈 방에는 아폴로 신, 아홉 명 뮤즈 여신상 등 그리스 조각 작품들이 전시되어 있다.

아폭시오메노스(Apoxyomenos), 긁어내는 사람의 조각상

그리스 조각 주제 중 하나로 신체에 향유를 바르고 경기를 한 다음 여기에 붙은 흙먼지를 스틀렝기스(stlengis 금속제나 도기제의 낫과 비슷한 도구)로 긁어내는 선수를 표현한 것이다. 리시포스 작품인 대리석 조상이 가장 유명하다.

가운데, 날게 달린 투구를 쓰고 있는 페르세우스 손에는 메두사의 머리가 들려 있다. 안토니오 카노바(1757~1822) 작품이다. 왼쪽, 역동적인 고대 그리스 운동선수의 조각상도 안토니오 키노바(1800년경) 작품이고, 오른쪽 그리스 운동선수 모습도 섬세하고 강건하게 표현되었다.

그리스 조각상에서 느껴지는 세밀한 표현은 한결같이 생동감이 넘친다. 인간 신체의 아름다움과 힘이 절로 느껴진다. 그리스 조각가들은 예술을 위해 자연은 물론 인간을 나타내는 비례도 측정했다. 인체 측정의 표준율로 만들어진 그리스 작품의 미학은 놀랍도록 또렷하고 정교하다.

헤르메스 신

헤르메스(Hermes)는 제우스와 티탄 아틀라스의 딸 마이아(산의 님페) 사이에서 태어났다. 전령 신이자 여행의 신, 상업의 신, 도둑의 신이다. 헤르메스는 날개 달린 모자를 쓰고 날개 달린 신을 신고 두 마리 뱀이 감겨져 있는 독수리 날개 달린 지팡이를 들고 다닌다. 위 사진 헤르메스는 오른쪽 팔과 왼쪽 손이 없으나, 지상에서부터 지하까지 못 가는 곳이 없다. 그는 신의 세계와 인간 세계, 지하의 세계를 자유자재로 넘나든다.

베네레 필피체(Venere Felice)는 미의 여신인 비너스를 나타낸 작품이다. 옆에 있는 어린이는 에로스(큐피드)를 묘사한 것이다. 이 작품은 로마시대

장례 양식인 석관 위를 장식하고 있다.

베네레 필피체와 큐피드

그리스 조각상들과 붐비는 사람들을 잠시 뒤로하고 나선 테라스의 탁 트인 풍경

라오콘 군상(Gruppo del Laocoonte)

라오콘 군상은 기원전 2세기경 조각품으로 바티칸 박물관과 헬레니즘 미술을 대표한다. 인간이 고통 받고 있는 모습을 사실적으로 표현했다.

이 작품은 1506년 로마 농부가 발견한 공중목욕탕 유적에서 출토되었다. 트로이 전쟁을 묘사한 대서사시 '일리아드와 오디세이'의 한 장면이다. 고통으로 일그러진 인물 묘사와 신의 힘에 굴복할 수밖에 없는 인간 한계가 그대로 드러난 작품이다. 트로이 목마의 비밀을 발설한 트로이 사제 라오콘과 두 아들은 신들이 보낸 바다뱀에게 눌려 질식당해 죽는다. 뒤틀린 라오콘의 몸과 고통에서 벗어나 보려는 두 아들의 일그러진 모습을 통해 인간의 괴로움이 적나라하게 표현된 명작으로 꼽힌다.

폴리힘니아 여신 / 살아 움직이는 것 같은 석관의 인간 군상 부조

폴리힘니아(Polyhymnia) 여신은 그리스 신화에 나오는 뮤즈 중 한 명이다. 시와 찬가, 춤, 팬터마임, 웅변, 기하학, 농업 등 다양한 분야를 관장하는 여신으로 긴 망토와 베일을 걸치고 있으며, 손으로 턱을 괴고 사색에 잠긴 모습으로 묘사되기도 한다.

휴식을 취하고 있는 나일강의 신(Staute of the Nile recumbent)은 헬레니즘 시기에 만들어진 나일강을 의인화한 조각상이다. 나일강을 신격화한 이집트 신앙과 의인화한 그리스 미술이 융합된 헬레니즘 특징을 잘 보여준다.

휴식을 취하고 있는 나일강의 신

벨베데레 토르소(Belvedere Torso)

벨베데레 토르소(사지가 잘려 나간 조각)는 라오콘 군상과 함께 바티칸 박물관을 대표하는 유명한 작품이다. 기원전 3세기경에 만들어진 고대 그리스 작품으로 트로이 전쟁 영웅 중 한 명인 아이아스 장군이 자결하는 모습으로 추정하기도 한다. 완벽한 비율로 신체의 건강한 아름다움을 드러냈다.

교황 클레멘스 7세(재위 1523~1534)가 벨베데레의 뜰로 옮겼다. 교황은 없어진 팔과 다리를 복원하길 원했지만, 대부분의 조각가들이 모두 거절했다고 전해진다. 인간 육체를 생동감 있게 표현한 걸작으로 미켈란젤로를 비롯한 후대의 많은 조각가들에게 예술적인 영감을 불어넣었던 작품이다.

*** 원형의 방(Sala Rotonda)**

원형의 방에는 고대 그리스 신들의 동상이 전시되어 있다. 황금빛으로 빛나는 헤라클레스(Hercules of the Theatre of Pompey)상이 눈길을 끈다. 위 사진, 오른쪽 헤라클레스 청동 조각상은 기원전 2세기경 로마에서 만들어졌다. 헤라클레스를 상징하는 몽둥이와 사자의 가죽을 들고 서 있다.

* 촛대의 방(Galleria dei Candelabri)

촛대의 방은 '레오 13세의 방'이라 불리는 곳으로, 19세기 말 교황이었던 레오 13세 지시로 만들어진 곳이다. 조각상들과 촛대, 꽃병 등 다양한 작품들이 전시되고 있어 붙여진 이름이다.

들어서는 곳마다 수많은 사람들이 강물처럼 빠르게 흘러갔다. 주주와 레드루도 물길을 거역할 순 없으니, 그저 밀려간다. 조각상을 감상했는지, 천장을 올려다보기나 했는지, 어수선하고 혼란스럽다.

풍요와 다산의 신 아르테미스 / 바닥 카펫 위 선명하게 보이는 상록수

촛대의 방이 끝나는 곳에서 교황 레오 13세가 바삐 지나치는 우리를 무심하게 내려다보고 있다.

* 아라치의 방(Galleria degli Arazzi)

아라치 방의 대표작품 '그리스도의 부활'

아라치 방은 테피스트리 회랑으로도 불린다. 이곳엔 '테피스트리' 직물 공예 기법으로 만든 작품들이 전시되어 있다.

* 지도의 방(Galleria delle Carte Geografiche)

지도의 방은 클레멘스 박물관의 마지막 전시실이다. 고대지도이다 보니 문외한의 눈엔 다 비슷비슷해 보여서 특별히 기억에 남는 지도도 없다. 벽에 걸린 고대 지도보다는 아름다운 천정으로 눈길이 더 많이 갔던 곳이다. 고지도에 대해 좀 더 알고 갔다면, 또 다른 감동이 남았을 텐데 이도 아쉽다.

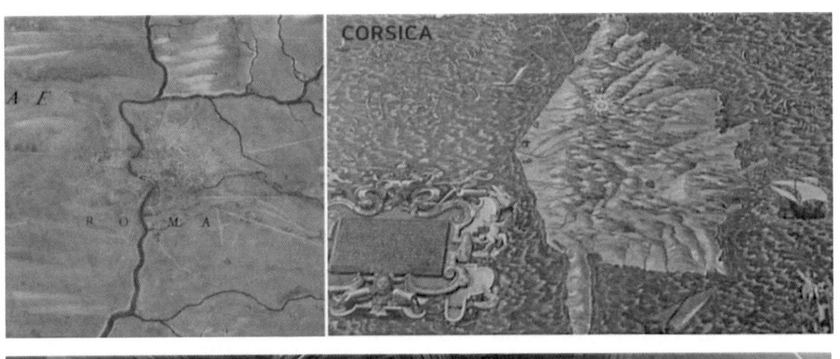

비오 클레멘스 미술관에는 팔각 정원(Cortile Ottagono)과 앞에서 둘러 본 방들 외 동물의 방(Sala degli Animali), 조각 갤러리와 흉상의 방(Galleria delle Statue e Sala dei Busti), 가면의 방(Gabinetto delle Maschere)을 비롯하여, 로톤다의 방(Sala Rotonda), 쌍두마차의 방(Sala della Biga) 등도 있다. 정신없이 쓱 살펴보고 나온 클레멘스 미술관이다. 어디를 들렸고 안 들렸는지 그 방들의 이름조차 다 알 수 없었다. 스마트 폰 카메라에 찍힌 사진을 순서대로 맞춰 보며, '바티칸 미술관 위키백과'를 참고로 활용했다.

교황 우르바노 8세 어록이 마지막 방인 '지도의 방' 문 위에 걸려있다.

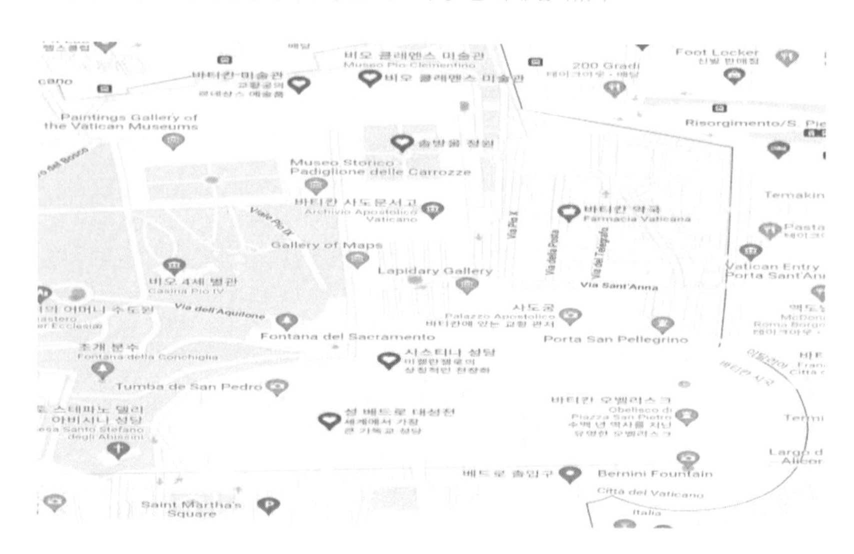

그래도 위안이 되는 건 라오콘의 고통에 일그러진 표정을 가까이 서서 감상한 것이다. 바라보면 볼수록 그 처절한 모습이 더 생생하게 느껴졌다. '인간은 어디까지 고통을 감내할 수 있을까?'를 되묻게 한 순간이었다.

벨베데레 토르소의 훌륭한 신체를 360도 돌아가며 감상하는 행운도 누렸다. 신의 형상을 닮았다는 인간의 몸이 이토록 힘차고 아름다울 수 있다니! 차가운 대리석으로 다듬어 낸 근육 하나하나가 움직이는 듯한 느낌으로 전해졌다. 감상하는 내내 팔과 다리조차 없는 이 사람이 살아서 움직일 것만 같은 착각에 빠졌다.

그 동안 개인적으로 고대 그리스 로마시대 미술사에 관해서는 여러 번 강의를 들었고, 모니터링 할 기회도 있었다. 블로그에 관련 포스팅을 여러 번 올리기도 했다. 강사 분들은 "평생 한 번 갈까 말까 한 곳이니, 현지에 가게 되면, 우리가 배운 작품들을 찾아 꼼꼼히 감상해 보시라"라고 강조하곤 했다. 그때마다 '꼭 그렇게 해야지' 하던 다짐이 그냥 뜬구름 되어, 바티칸 하늘로 날아갔다. 클레멘스 미술관 사진을 정리하면서 당시 포스팅 한 그리스 로마시대 미술사 관련 글을 함께 펼쳐보니 상황을 정리하는 데 도움이 된다.

이제, 우리는 설레는 마음과 피곤한 몸으로 시스티나 예배당으로 향한다.

시스티나 예배당 입장 전, 인파에 밀려가며 레드루가 겨우 찍은 사진 한 장

시스티나 예배당에서
미켈란젤로 '천지창조'를 만난다

고대에서 중세와 르네상스 미술사 흐름

시스티나 예배당(Cappella Sistina)

시스티나 예배당은 교황 식스투스 4세가 1473~1481년 세운 성당으로 바티칸 미술관에 속해 있다. 교황을 선출할 때 추기경들이 모여 선거를 하는 신성한 장소다. 성당 이름도 교황의 이름에서 유래했다. 성모승천을 기념하는 시스티나 성당은 조반니 데 돌치가 설계하고 바치오 폰 텔리가 건축했다.

시스티나 성당은 바티칸 시국에 있는 교황 관저인 사도 궁전 안에 있는 성당이다. 미켈란젤로, 라파엘로, 보티첼리 등 르네상스 시대 예술가들의 프레스코 벽화가 구석구석에 있다. 미켈란젤로는 교황 율리오 2세 후원을 받으면서 1508년부터 1512년 사이 성당 천장에 12,000점의 그림을 그렸다.

고대에서 중세, 르네상스 미술사 흐름을 살펴보고 출발하면 도움이 된다.

초기 기독교

사진출처: 모두를 위한 열린 강좌 중세예술문화사 3. 카타콤에 그려진 선한 목자/유니우스 바수스의 석관, 바티칸 박물관

카타콤(Cataconb)은 흙으로 구멍을 뚫어서 만든 초기 기독교 지하 공동묘

지다. 기독교인들은 로마제국 박해를 피해 이곳으로 숨어들었다. 그들이 이곳에서 나갈 때에는 거의 장님이 되다시피 했다. 10평 정도 작은 공간에서 400명이 찬송을 했고, 전염병이 돌면 삼분의 일이 죽었다고 전해진다. 기독교가 핍박 받지 않을 때 밖으로 나왔던 기독교인들 중 일부는 타락한 세상을 보고 후회하며, 다시 들어가 생활했다.

로마시대 석관(359년)에는 신앙 이야기가 다양하게 그려져 있다. 앞쪽 오른쪽 사진, 석관 가운데 예수 모습이 있다. 오른쪽 베드로와 왼쪽 바울의 모습도 보인다. 구약에 나오는 아브라함이 아들 이삭을 제물로 바치려는 모습도 있다. 신심을 강조한 석관 조각이다.

중세

중세는 르네상스와 상반되는 의미이다. 470년 서로마 제국 멸망부터 동로마 제국까지, 신앙이 모든 것의 중심이었다. 봉건시대엔 성을 많이 만들어 외부의 침입을 막았다. 800년경, 비잔틴 제국과 이슬람 세력, 서쪽 야만집단이 있었다. 비잔틴 제국과 서로마 야만족들도 나중엔 기독교를 믿게 되고, 동서쪽은 같은 기독교 국가가 된다. 1000년, 십자군이 예루살렘을 공략하고 첫 승리를 거두지만, 나중에 예루살렘은 이슬람 제국으로 넘어간다.

'유스티아누스 황제와 수행원들'을 감상하다 보면, 신이 아닌 황제 머리 뒤에 후광이 빛난다. 생존하는 사람에게는 원래 정사각형 후광을 사용해야 하지만, 당시 유스티아누스 황제의 대단했던 권위가 그대로 느껴진다.

사진출처: 위키백과, 산 비탈레 성당/'유스티아누스 황제와 수행원들' 547년경 모자이크

모자이크는 비잔틴 회화를 대표한다. 모자이크 기법은 로마제국 당시 바닥 장식 등으로 사용되었으나, 사실주의 미술을 추구한 경향으로 건물 내부 장식 등에는 프레스코 벽화가 많이 사용되기도 했다. 옛 서로마 제국의 수도 라벤나에 세워진 산 비탈레 성당 모자이크 벽화를 살펴보면, 기독교를 통해 새로운 로마를 이루려 한 콘스탄티누스 대제의 이상이 비잔틴 제국의 정교합일 황제 교황정치 모습으로 구현되고 있다.

중세는 건축이 그림보다 중요했다. 그림 자체만의 의미는 작고, 건물 속에 그려진 그림 의미가 더 중요했던 시기다. 로마네스크 건축과 고딕 건축을 이해하면 된다. 로마네스크는 작은 창문과 두꺼운 기둥으로, 고딕은 첨탑식 벽에 많이 만들어진 창문의 스테인드글라스로 정교하고 아름답게 표현했다. 스테인드 글라스 창을 통해 밝은 빛이 쏟아져 들어오게 된다. 스테인드글라스가 선명하게 빛나면서, 석재의 흰 빛과 대조를 이뤄 더욱 아름답다.

르네상스(이탈리아)

르네상스는 이탈리아에서 처음 발생했다. 당시 이탈리아인들은 동방 쪽

이슬람 문화가 더 뛰어나다는 것을 알고 있었다. 교류가 시작되면서 상업이 발달하고 도시가 커진다. 피렌체, 베네치아, 밀라노 등의 도시가 발달하고, 도시에서 돈을 번 사람들은 예술가들을 지원하기 시작했다. 예술가 가문도 등장하고, 그리스 로마 미술을 지원했다.

르네상스 미술(15~16세기)은 위대한 예술과 문화가 찬란하게 빛났던 인류사의 한 페이지를 장식한다. 고대 그리스 인본주의를 바탕으로 이탈리아 피렌체를 중심으로 한 유럽 근세 미술로 발전한다. 프랑스어로 '재탄생'을 의미하는 '르네상스'는 예술의 특정 시대 의미뿐 아니라, 중세 끝과 근세 출발을 알리는 전환기를 아우른다.

피렌체의 보티첼리(1445~1510), 만테냐(1430~1506)와 로마, 밀라노, 베네치아에서 미켈란젤로(1475~1564), 라파엘로(1483~1520), 레오나르도 다빈치(1452~1519) 같은 거장들이 등장, 1490년 대 초부터 1527년까지 지속되었던 르네상스(high-renaissance) 전성기 회화 양식을 완성한다.

그러나 이 글 어디에도 바티칸 미술관 관련 다빈치나 라파엘로 작품이 소개된 적은 없다. 회화관(피나코테카)에 들리지 못하고, 솔방울 정원과 팔각 안뜰로 자리를 옮겨, 조각 작품 위주로 감상했기 때문이다. 그러나 다빈치와 미켈란젤로의 명화를 패싱하고 르네상스를 말 할 순 없지 않을까!

* 레오나르도 다빈치

레오나르도 디 세르 피에로 다빈치(Leonardo di ser Piero da Vinci / 1452년

레오나르도 다빈치 초상화 / 모나리자 / 최후의 만찬

4월~ 1519년 5월)는 이탈리아 르네상스를 대표하는 최고의 화가다. 조각가, 발명가, 건축가, 기술자, 해부학자, 식물학자, 도시계획가, 천문학자, 지리학자, 음악가이기도 했다.

한 인간에게 이렇게 많은 능력이 모두 천부적으로 내려져도 되는 것일까! 평범한 사람은 살아서도 죽어서도 도달할 수 없는 최고 경지에 도달했던 한 인물을 이렇게 기록과 작품으로 만나는 것만으로도 설렌다. 그는 호기심 많은 창조적인 인간이었으며, 어려서부터 사물을 관찰하고 스케치하곤 했다. 그림과 라틴어는 물론, 운하 설계까지 한 과학자였다.

1519년 5월 2일 67세로 사망, 평생 독신으로 살았다. 그의 제자이자 동반자였던 프랑세스코 멜지(Francesco Melzi)가 그의 모든 유산을 상속 받았다. 1570년 멜지 사망으로, 그가 평생 간직하고 있던 엄청난 양의 다빈치 크로키와 그림이 세상에 드러났다.

모나리자는 피렌체의 부호(富豪) 프란체스코 델 조콘다를 위해 그의 부인을 그린 초상화로 알려져 있다. 모나리자 미소는 오늘날까지도 보는 사람에게 신비로움을 느끼게 한다. 인간에 대한 오묘한 감정표현의 극치를 보여주는 다빈치의 대표작이다.

최후의 만찬은 예수가 십자가에 처형되기 하루 전날이다. 12 제자가 흰 테이블을 중심으로 일렬로 앉아 있고 예수를 중심으로 양쪽에 6명씩 나누어져 있다. 배경에 3개 창문이 보이는데 이 모든 것은 삼위일체, 4개 복음서, 새 예루살렘 12문을 상징한다고 한다. 예수를 중심으로 좌우 대칭 원근법으로 그려져 그림이 안정되고 균형 잡혀있다.

* 미켈란젤로 부오나로티

같은 시대, 또 한 사람의 천재, 미켈란젤로 디 로도비코 부오나로티 시모니(Michelangelo di Lodovico Buonarroti Simoni / 1475년 3월~1564년 2월)는 르네상스 시대 이탈리아 대표적 조각가, 건축가, 화가 그리고 시인이다.

미켈란젤로 어머니는 그가 6살 때 세상을 떠났다. 시골 유모의 집에 맡겨졌는데, 유모 남편이 세티냐노의 석수장이였다. 그가 후에 조각가로서 재능이 두드러지는 데 영향을 받았다. 미켈란젤로는 어릴 때부터 조각용 끌과 망치를 갖고 노는 게 가장 즐거웠다고 한다. 그의 아버지는 아들이 공부로 하는 직업을 갖길 원했다. 삼촌들도 그림 그리는 미켈란젤로를 못마땅하게 여겼다. 그러다 보니 그는 어릴 때 회화교육을 제대로 받질 못했다.

사진출처: 위키백과 - 피에타상 / 다비드상/ 미켈란젤로

이런 기억 때문인지, 미켈란젤로는 스스로 회화를 꺼리거나 조각의 불완전한 버전이 회화라며 본인을 화가가 아닌 조각가로 여겼다. 그는 자신의 조각 작업을 '불필요한 부분을 제거하는 과정'이라고 표현했다. 그러나 미켈란젤로는 시스티나 예배당 천장화를 완성한 후, 화가로서 천재적인 재능까지 널리 알리게 된다.

성 베드로 성당에 보관 중인 피에타상은 미켈란젤로 피에타 작품 중 최초의 것이다. 당시 로마에 체류 중이었던 프랑스 추기경 장 드 빌레르 의뢰로 만들었다. 다비드상은 적의 대장인 골리앗을 돌팔매로 죽인 소년 영웅으로뿐 아니라, 정의로운 개혁 왕으로서 피렌체 개혁정부의 상징이 됐다. 5.49m의 거대한 다비드상은 자유 수호의 상징으로 로마 시청인 팔라조 베키오 앞에 세워졌다. 당시 시민들은 도전적인 시선과 잘 발달된 근육을 가진 순수한 다비드를 보면서 자신들의 미덕이 구현되었다고 믿었다. 다비드상 진품은 1873년 피렌체 아카데미아 미술관(Accademia Gallery)으로 옮겨졌으며, 원래 자리에는 복제품이 서 있다.

시스티나 예배당은 서양 미술사에 눈 뜨던 청소년 시절부터 항상 그리던 곳이다. 10대 때 바람을 60대로 들어선 이제라도 이루게 되었으니, 감개무량하다. 미켈란젤로 천장화를 직접 내 눈에 담고 싶었던 오랜 소원이 이루어지는 순간이었지만, 인파로 붐비던 비오 클레멘스 박물관 등을 거쳐 오면서 체력이 많이 소진된 상태다. 천지창조 천장화는 책과 화면으로 만났을 때도 넋을 놓고 보았지만, 인간의 손으로 그려진 작품이라는 데 놀라움을 금할 수 없다. 이런 명화를 직접 마주하게 되니, 거대한 작품 스케일과 신의 경지에 이른 미켈란젤로의 초인적인 능력에 압도당하게 된다.

미켈란젤로는 1508년 교황 율리우스 2세의 명을 받아 시스티나 예배당 천장화를 그렸다. 미켈란젤로는 조각가로 활동 중이었다. 그의 재능을 시기한 조각가 도나토 브라만테가 교황 율리우스 2세에게 천장화를 미켈란젤로에게 그리도록 추천했고 그는 교황의 요청을 받아들인다.

미켈란젤로는 높다란 작업대에 서서 고개를 뒤로 젖힌 불편한 자세로 4년간 그림을 그렸다. 천장화를 창조적으로 그려 완성한 것은 오로지 그의 섬세하고 위대한 예술작업의 결과물이다. 이 엄청난 작업은 예술이라기 보다 중노동에 가까웠다. 미켈란젤로는 목과 눈에 심한 이상이 생기기도 했고, 변덕스러운 교황과의 의견 충돌도 있어서 이 위대한 작업을 무척 힘들어했다고 전해진다.

4년 후, 그의 고된 작업은 800㎡ 원형 천장을 완벽하게 장식한 대작으로 세상에 등장한다. 고생 끝에 완성된 이 걸작을 보고 사람들은 경악하며 찬양하고 감탄했다. 그를 시기했던 경쟁자 건축가 브라만테도 결국 미켈란젤로의 위대함을 인정했다고 한다.

https://bit.ly/3ijVRW3 나무위키로 가면, 시스티나 예배당 '천지창조' 불후 명작천장화를 여유롭게 감상할 수 있다.

시스티나 예배당 전체가 사진 촬영 금지구역이다 보니 명화를 찍은 사진은 한 장도 없지만 그냥 지나치기 아쉬워 관련 사이트 주소를 남긴다. 시스티나 예배당은 장방형 천정과 벽의 장식품들로 유명하다. 정면 안쪽 벽엔 미켈란젤로 '최후의 심판' (1534~1541)이 있다. 좌우 벽엔 보티첼리, 핀토 리키오, 페루 지니, 로셀리, 시뇨렐리, 도메니코, 기르런다 이오 등의 '구약성서' 이야기(1481~1483)들로 빼곡하게 장식되어 있다.

https://bit.ly/3t2UWxT **Sistine Chapel 360도로 감상하기**

시스티나 예배당 천정화와 벽화를 360도로 감상하며 아쉬움 달래보기!

사람들에 떠밀려 가면 작품 감상을 놓치고, 잠시 작품에 눈길이 머물면 표류하듯 헤매다 다시 밀려난다. 모든 사람들이 자의 반 타의 반으로 강물처럼 흘러간다. 일행이나 가이드가 눈에 보이지 않으면 살짝 불안했고, 딸과의 거리도 점점 멀어져 간다. 이런 혼란 속에 멈춰 서서 제대로 올려다보지 못한 창세기 이야기도 내 머리 위로 강물처럼 함께 흘러가 버린다. 미켈란젤로의 천지창조 이야기야말로 시스티나 예배당의 존재 이유가 되어버린 것 같다. 이곳으로 몰려든 세계인들의 관심이 이를 대변해 준다.

그런데 "실제, 이 작품의 위대함을 제대로 음미하며 감상할 수조차 없는 현실은 어찌할꼬!" 천정화와 벽화를 사진 찍을 순 없더라도, 입구나 출구에서 주주와 레드루의 인증 숏 한 장쯤은 남기고 싶었지만 이도 쉽지 않았다.'

위 사진 속 문을 나서서야 기다리고 있던 가이드를 만났다. 누군가 시스티나 예배당에서 '천지창조' 천장화를 잘 감상하고 나왔느냐고 묻는다면, 그 사람의 손등이라도 살짝 꼬집어 주고 싶은 심정이었다. 국적도 알 수 없는 수많은 사람들 물결 사이를 이리저리 떠밀려 다니다 나온 기억밖엔 없다. 시스티나 예배당은 보고 올 수는 있지만, 카메라 속에 담아 올 수는 없는 곳이다. 기억 속에라도 정성껏 담아 오려 했지만, 엄청난 인파 속에서 고아처럼 헤매다 떠밀려 나왔다.

바티칸 시국,
웅장한 성 베드로 성당과 광장

태양신의 상징 오벨리스크,

회랑 기둥 위 140 가톨릭 성인상과 분수대

시스티나 예배당에서 인파에 밀려 나선 곳이 바로 성 베드로 대성당 왼쪽 아치형 문이다. 확 트인 대성당 광장이 한 눈에 들어온다. '어느새 우리는 산 피에트로 대성당 앞에 이렇게 서 있구나!' 멀리 오벨리스크가 보이고 근처엔 개미처럼 작아 보이는 많은 사람들이 활기차게 움직이고 있다.

시스티나 예배당에서 나선 베드로 성당 왼쪽 아치문 / 아치문을 지키고 있던 바티칸 궁 근위병

해도 기울어가는 오후, 인파 속에서 떠밀려 다닌 온몸으로 피로가 몰려드니, 목만 탄다. 주주와 레드루는 먼저 거대한 광장을 가로 질러가 음료수를 한 병씩 사 들고, 다시 '파이팅!'을 외친다.

성 베드로 성당(Basilica di San Pietro in Vaticano)

성 베드로(산 피에트로) 성당은 바티칸에 있는 가톨릭교회의 총본산이다. 4세기 바실리카식 성당으로 지어졌던 이 장소는 67년 순교한 예수 12제자 중 한 사람이자, 로마 초대 주교였던 교황 성 베드로 무덤이 있던 곳이다. 15세기 한 차례 있었던 성당 개축계획은 중단되었고, 1506년 교황 율리오 2세가 저명한 건축가 브라만테에게 본격적인 공사를 명하므로써 오늘날의 웅장한 모습을 갖추게 되었다. 성 베드로 성당은 16세기 건축가들에 의해 전성기를 맞았던 르네상스 건축이념에 바탕을 두고 조각가 브란만테부터 시작하여 미켈란젤로에 의해 완성된 르네상스 최대의 건축물이다. 1622년 헌당식이 있었다.

성 베드로 광장 (Piazza San Pietro)

성 베드로 대성전 앞에 조성된 광장으로 최대 30만 명까지 수용할 수 있다. 이탈리아 바로크 양식의 거장인 잔 로렌초 베르니니가 1656년설계, 1667년 완공했다. 베르니니는 광장을 찾는 모든 사람들에게 포용의 의미를 전하고 싶었다. 교황이 대성전 중앙이나 바티칸 궁전 창문에서 군중에게 보내는 강복 모습을 최대한 많은 사람이 볼 수 있도록 앞마당으로 설계한 것이다.

베드로 대성당 돔을 머리로 두고 두 개의 반원형 회랑을 팔로 삼아, 대성전이 두 팔 벌려 사람들을 모아 품는 모습으로 표현했다. 그는 성 베드로 광장 설계에만 11년을 보냈고, 유명한 열주 회랑을 통해 공간에 질서를 주었다. 성 베드로 광장은 전체 광장을 열주의 숲으로 완전히 막지 않았다. 테베레강과 로마 시내 쪽을 열어둔 것이다.

마을로 연결되는 교황 피우스 12세 광장

타원형 광장으로 들고나는 문의 역할을 하는 교황 피우스 12세 광장은 주변 마을로 연결된다. 베르니니는 이렇게 열린 공간의 미학까지 살리도록 공간을 설계했다. 성 베드로 광장은 웅장하고 묵직하면서도 탁 트인 개방감으로 자유롭고 활기차 보인다.

오벨리스크 (Obelisk)

오벨리스크는 높이 25.5m(기단부까지 합친 높이 41m), 무게 320 톤으로 기원전 13세기에 세워졌다. 기원후 37년, 황제 칼리굴라가 네로 경기장 중앙 스피나(교회)로 옮겨 세웠다. 이 대리석 탑은 칼리굴라 로마 황제가 이집트에서 가져온 전리품이다. 현재, 네로 경기장은 대성전 왼쪽에 남아 있다.

베드로는 당시 네로 황제 경기장이었던 이곳에서 순교했다. 이 오벨리스크가 그 당시 순교 장면을 지켜보았다고 해서 '목격자'라는 별명까지 있는 탑이다. 가톨릭 대성당 광장 한가운데 이교도의 상징인 이집트 오벨리스크를 세운 이유는 이 거대한 대리석 탑이 사도 베드로의 순교 장소에 있었기 때문인 것이다. 오벨리스크는 1586년 교황 식스토 5세 지시로 기술자이자 건축가인 도메티 코 폰타나가 지금의 위치로 옮겼다.

흰 대리석 탑인 오벨리스크는 여러 가지 이유로 로마제국에 끌려와 지금까지 참 열일하고 있구나! 로마제국이 사라진 자리에서 또 다른 쓰임을 하고 있으니. 이집트 오벨리스크는 당시 승전국인 로마에서 가장 많이 가져왔다. 베르니니는 오벨리스크 꼭대기에 십자가를 얹고, 성 베드로 광장 중심에 이 목격자를 그대로 세워둔 채 공사를 마무리했다. 주위에는 네 개의 기둥이 일렬로 서서 광장을 감싸도록 설계했다. 역사는 강자가 기록하고, 영광은 승자에게 돌아간다.

화강암 분수와 회랑

마데르나가 만든 화강암 분수는 광장 한쪽에 치우쳐 있다. 이 분수는 베르니니가 설계한 열주랑에 빙 둘러싸여 있는 듯 보인다. 베르니니는 분수가 타원의 초점처럼 보이도록 했다. 결국, 1675년 광장엔 분수가 하나 더 생긴다. 베르니니가 사망하기 5년 전이다. 지금처럼 오벨리스크 좌우에 카를로 마데르나(Carlo Maderna)와 카를로 폰타나(Carlo Fontana)가 만든 2개의 아름다운 분수가 생기게 된다.

카를로 마데르나가 만든 분수

성 베드로 광장은 베드로가 순교한 곳으로 세계에서 가장 아름다운 광장이며 베르니니 대표적인 걸작 가운데 하나다. 성당은 고전적 건축 표현 양식에서 가장 단순한 정렬인 도리스식의 토스카나 방식을 사용했다. 베르니니가 사용한 거대한 비례는 공간을 아름답고 적합하게 만들었고, 외경심을 불러일으키기에도 충분했다.

베르니니가 설계한 회랑은 1656년 공사를 시작, 1667년 완공했다. 대광장에는 거대한 토스카나식 열주랑과 네 개의 기둥이 깊숙이 들어가 있다. 회랑은 성 베드로 광장 양편에 각각 네 줄로 늘어선 토스카나식의 284개 기둥과 벽에서 돌출된 88개 기둥으로 이루어졌다. 16m 높이 원기둥 꼴 대리석 기둥 위에 있는 140개 성인상은 베르니니의 제자들이 조각한 것이다.

성 베드로 광장의 회랑. 회랑 기둥 위에는 140개 가톨릭 성인상이 늘어서 있다.

세상이 긴 그림자 드리운 석양 빛으로 물들어 간다. 하루 종일 바쁜 일정을 숨가쁘게 보냈던 우리 시간도 이제야 제 속도로 돌아왔다. 오늘 하루도 노을 빛으로 곱게 마무리 짓는다. 바티칸 시국의 3월 햇살은 온화하다. 세상은 그 따사로움을 품고 은은하고 부드럽게 빛나니, 천국이 예로구나! 주주와 레드루는 뒤늦게 여유를 즐긴다. 석양을 등지고 사진을 찍으며 한 동안 누르지 못한 셔터를 힘껏 누른다.

지친 몸을 버스에 싣고, 다시 로마 외곽 숙소로 향한다. '귀곡 산장' 같다던 숙소에서 2박 하는 날, 조금 익숙해진 것일까! 피곤에 지친 탓인지, 낡은 침대가 마냥 친근해 보인다. 오늘 '로마의 하루'는 숨 가쁘게 날아가 버렸다. 잠자리에 들기 전, 하루를 돌아보며 생각을 정리해 본다. 어디가 어디인지 더 꼬여만 간다. 구글 지도를 보면서 로마 투어 코스를 짚어 본다.

로마에서의 2번째 밤, 끙끙거리는 내 신음 소리로 딸을 내심 걱정시키기도 했지만, 숙면을 취하고 나니 다음 날 아침 가뿐하게 일어날 수 있었다.

중세 도시,
오르비에토 골목길을 걷다

두오모 성당, 지하 동굴 도시, 성 파트리치오 우물

로마 숙소에서 피렌체까지 3시간 30분 정도 걸린다. 우리를 태운 전세버스는 이탈리아 A1 고속도로를 달린다. '모든 길은 로마로 통한다.'라고 했다. 고대 로마인들은 세계를 정복하면서 도로부터 건설했다. 이탈리아도 세계 최초 고속도로 A1를 건설한 나라다.

무솔리니 집권 2년 뒤인 1924년, 밀라노와 북부 호수 지방 코모 주변을 잇는 80㎞ 고속도로를 개통했다. 1935년까지 500㎞를 개통, 나폴리에서 밀라노까지 남북을 잇게 했다. A1 고속도로는 나폴리-> 로마->오르비에토-> 피렌체-> 밀라노로 이어진다. 우리가 1시간 여 달려 도착한 오르비에토는 세계 최초의 슬로시티 발상지로 유명한 16세기 중세도시다.

중세 도시 오르비에토(Orvieto)

오르비에토는 움브리아 주 테르니 현에 위치한 '코무네'다. 로마와 피렌체 중간지로 로마 북쪽 약 120㎞에 위치한 농업 및 관광도시다. 응회암으로 된 넓은 뷰트의 평평한 산꼭대기에 위치하고 있다. 유럽에서도 가장 극적인 도시 중 한 곳으로 꼽힌다.

900여 년 전 투사(Tufa)라고 불리는 같은 재질의 석제로 성벽을 만들었다. 오르비에토 두오모(Duomo), 두오모 거리(Via Duomo), 성 파트리치오 우물, 지하 동굴(Grotto) 도시 등 중세 유적을 고스란히 품고 있다.

코무네: 12세기~13세기 이탈리아 북부와 중부에 있던 주민 자치 공동체. 영주권을 배제하고 주변 농촌 지역까지 지배하는 도시 공화국 성격을 지님

뷰트: 경암층 대지 일부가 침식되다가 남은 곳, 주위 사면은 가파른 벼랑

오르비에토 푸니쿨라 매표소

궤도 차량 푸니콜라레(Funicolare)

절벽 위 중세마을로 가기 위해 궤도 차량 푸니콜라레를 탄다. 궤도 차량은 10분마다 운행되고, 꼭대기 도착 정류장이 있는 카헨 광장까지 2분 여 만에 닿는다. (케이블카 요금 1.30유로)

표를 구입하고, Funicolare라고 쓰인 파란 표지판을 따라 이동한다. 레일 따라 움직이는 케이블카라니, 푸니쿨라를 타는 재미도 쏠쏠하다. 케이블카는 자체 지붕 위에 케이블을 매달아 움직이지만, 산악 케이블카는 레일을 따라 움직인다. 산비탈을 꽤나 빨리 내달린다. 이런 경사면 철도 푸니쿨라도 레일 따라 설치된 케이블 선으로 전차를 움직이는 원리이니, 케이블카가 맞다.

푸니쿨라가 도착한 카헨광장 승차장 건물 / 오르비에토 구도시인 대성당으로 가는 버스

카헨 광장(Fiazza Cahen) 둘러보기

현지인들과 함께 푸니쿨라를 3~4회로 나눠 타고 올라온다. 먼저 타고 온 우리는 다른 이들을 기다리는 여유시간에 카헨 광장을 둘러봤다. 카헨 광장에서 오르비에토 시립 정원 입구(Giardini Comunali Di Orvieto) 문으로 내려가면 중세 성벽을 따라 멋진 풍경을 즐길 수 있다.

오르비에토 시립정원 입구 앞

성 파트리치오(성 패트릭) 우물

성 패트릭 우물로 내려가는 길, 가운데로 보이는 우물 상판

성 패트릭 우물은 오르비에토 주요 명소 중 한 곳인데 우리는 내려가는 이 길을 미리 인지하지 못하고 그냥 입구에서 사진만 찍었다. 내려 갔어도 곧 돌아와야 했지만, 직접 걸어 내려가지 못한 것이 많이 아쉽다. 우물은 중세 포위 공격에 대비해 물을 공급하기 위해 지어진 혁신적인 절벽 위 구조물로 6세기 클레멘스 7세 교황이 지시해서 팠다. 5세기 아일랜드 가톨릭 성인 패트릭이 기도를 하자, 지하 깊은 곳에서 연옥이 보였다고 한다. 이 우물은 마치 그 당시 연옥처럼 깊다고 하여 '성 패트릭 우물'이 됐다.

지하도시는 하루 두 번, 일부분만 개방하고 있다. 가이드 투어에 참가해야 관람할 수 있고, 투어는 두오모 광장에 있는 관광 안내센터에서 신청한다. 비용은 1인 6유로다. 그러나 요금만 낸다고 아무 때나 둘러 볼 수 있는 것도 아니다. 일정 인원이 모여야 투어를 시작한다. 그래서 투어시간도 정해져 있지 않고 매번 다르다. 적어도 하루 이상 여유를 갖고 방문해야 투어에 참석할 수 있다. Someday, 주주와 레드루도 여유롭게 이곳을 다시 찾아 가이드 투어에 꼭 참석해 보고 싶다.

포르테자 알모르노즈(Fortezza Albornoz)

사진출처: https://www.orvietoviva.com/en/ - 포르테자 알모르노즈 요새 밖 풍경

포르테자 알모르노즈는 카헨 광장에서 바로 갈 수 있는 성이자 요새다. 해자(성 주위에 둘러 판 못)와 도개교(위로 열리는 다리)를 갖고 있었다고 한다.

사진출처: 위키백과. 오르비에토 지하 동굴 도시

아직까지 요새 일부분이 원형 그대로 남아, 멋진 탑으로 우뚝 서 있다.

지하 동굴 도시

오르비에토 지하 동굴 도시는 고대 로마 토착세력인 에트루리아인들이 만들었으며 1,200여 개 인공 동굴들이 미로처럼 뻗어 있다. 3천여 년전 형성된 이 도시가 어떤 용도로 만들어졌는지는 아직도 다 밝혀지지 않았다. 지하 도시에는 구덩이에 홈을 파서 계단으로 이용한 흔적, 비둘기를 식용으로 기른 장소, 우물, 지하 무덤 등이 남아 있다. 세계 2차 대전 당시, 주민들의 피신처가 되기도 했다. 화산암으로 이뤄진 땅속에 터널과 동굴로 이어진 미로를 갖고 있는 오르비에토 마을은 에트루리아 시대로부터 지하 동굴에 식품을 보관해 왔다. 현재, 일부가 와인 저장고로 이용되고 있다.

카헨 광장에서 오르비에토 대성당 가는 버스를 타면, 5분여 정도 달려 중세 오르비에토 마을 입구에 도착한다. 묵직한 세월이 느껴지는 중세 문을 지

난다. 절벽 위 척박한 환경을 이렇듯 고색창연한 아름다운 곳으로 지켜온 이곳 사람들의 삶이 독특해 보인다.

오르비에토 성당 (Duomo di Orvieto)

절벽 위 중세마을에 이렇듯 거대한 규모의 두오모가 있다니, 광장에 들어선 순간 모두 놀라게 된다. 오르비에토 두오모는 이탈리아에서 두 번째로 큰 성당이다. 로마네스크와 고딕 양식이 조화를 이룬 웅장함과 아름다움은 한동안 성당 벽에서 눈을 떼지 못하게 한다. 1263년 오르비에토에 거주했던 교황 우르바노 4세는 성체에서 예수 피가 흘러내렸다는 '볼세나의 기적'을 보고 받고 대성당의 건축을 명령한다. 라파엘로의 명화 '볼세나의 미사'에도 그려진 유명한 이야기다.

로마네스크와 고딕 양식이 혼재되어 있는 아름다운 정면 파사드 아치문 상단

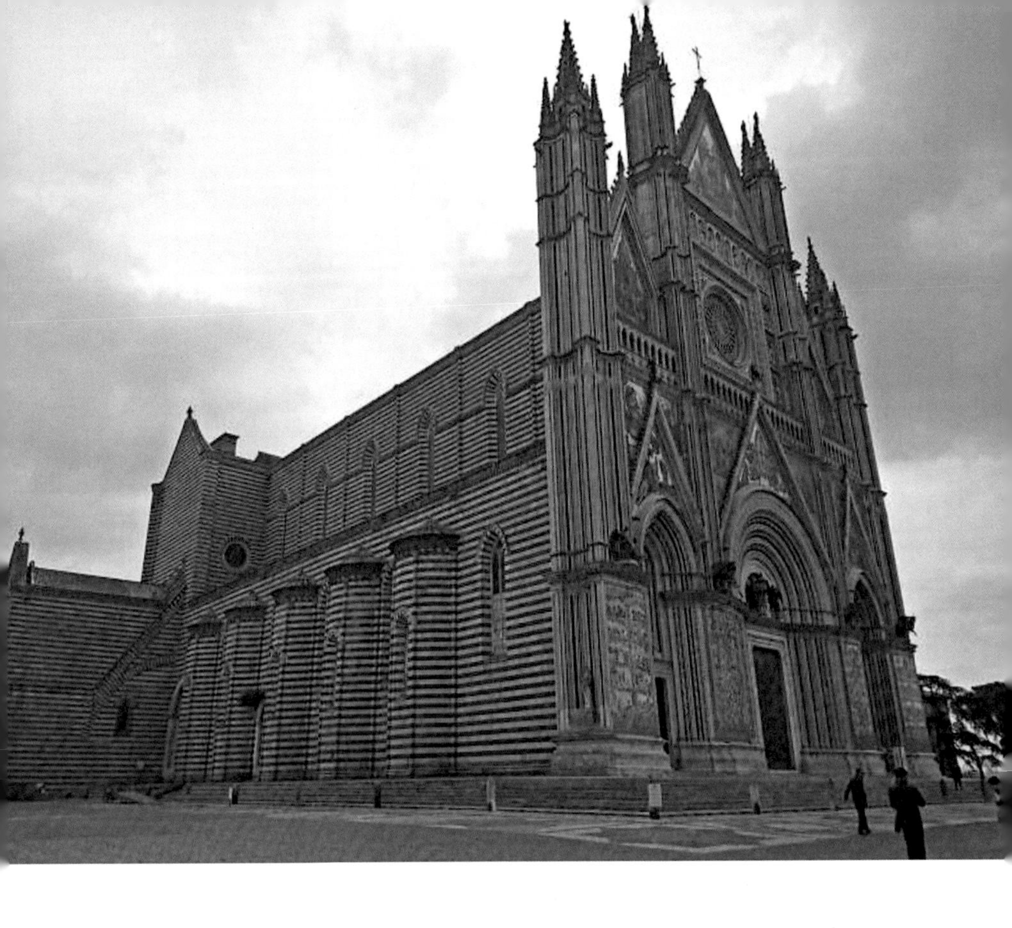

오르비에토 성당은 1290년 착공, 300년 동안 공사를 진행 1600년경 완공했다. 크고 넓은 기둥의 섬세한 부조는 인간이 표현할 수 있는 아름다움의 극치를 보여준다. 4개의 기둥을 장식하고 있는 성경 내용을 형상화한 부조는 저절로 보는 이들의 감탄을 자아낸다. 하늘로 뻗어 오른 고딕 양식 첨탑과 박공을 장식하고 있는 황금빛 모자이크는 화려함과 신비로움을 드러낸다. 건축물 외관은 석회암과 현무암이 줄무늬 형태로 보이도록 디자인했다.

성당 안에 성 브리지오 예배당 프레스코화도 유명하다. 모자이크 및 부조로 신구약 주요 인물과 관련 장면들이 소상하게 재현되어 있다.

현지인처럼 오르비에토 골목 느리게 걷기

주주와 레드루는 오전 중, 오르비에토 중세 마을을 돌아보고 있다. 마을 전체가 무척 조용하고 아늑하다. 이곳도 한낮 이후엔 로마에서 당일치기로 찾는 많은 관광객들로 활기가 넘친다고 한다. 골목길 투어 중 울려 퍼지던 청아한 종소리로 중세 오르비에토 마을이 더 아늑하고 평온하게 느껴진다. 모로 탑(Torre del Moro, 120쪽 사진)은 오르비에토 전망을 즐기려는 관광객들이 많이 찾는 곳이다.

이 중세 마을에는 자동차 경적도 들리지 않는다. 엄격한 간판 규제(병원, 약국 등 필수시설 간판을 제외하고는 네온사인 금지)로 좁은 골목도 깔끔하다. 전기버스와 궤도 열차로 친환경 교통 시스템이 구축됐다. 오르비에토 시민들은 느리게 사는 '참살이'를 스스로 선택하고 지키며 살고 있다. 중세 도시 원형을 훼손시키지 않고, 자손 대대 인간적인 삶을 누리며 여유롭게 살아가려는 이곳 사람들의 유유자적한 삶이 슬며시 부러워진다.

FARMACIA
PRESA
EDILE

21세기 슬로시티 운동의 발상지인 이곳 사람들은 인스턴트식품을 먹지않고 화학조미료도 사용하지 않는다. 오로지 천연 올리브유와 와인으로 음식 맛을 낸다. 인스턴트 햄버거는 물론 미국식 커피인 아메리카노 조차 마실 수 없는 곳이다. 골목마다 자리 잡은 젤라토 가게도 천연재료만 사용하는 홈메이드를 내세우고 있다.

오르비에토에서는 태양과 달, 별까지 더 여유롭게 뜨고 지지 않을까! 이 세상 온갖 사물과 현상조차 이곳에서는 느리게 너그럽게 살아간다. 상점에 진열된 아기자기한 기념품들까지 마냥 사랑스러운 골목길이다. 우리는 중세 도시에서 슬로시티로 거듭난 오르비에토 풍경에 마음까지 빼앗긴 채 골목길을 나선다. 고풍스러운 골목 풍경이 아기자기 예쁘기까지 하니, 이곳에서 오랫동안 벗어나고 싶지 않다.

궤도 열차에서 바라보이는 오르비에토 농가와 포도 과수원

궤도 차량 차창 밖으로 농가와 포도 과수원들이 무심하게 스쳐 간다. 오르비에토는 절벽 위에 도시를 세워야만 했던 조상들의 절박함과 아름다운 문화유산이 끝없이 빛나는 곳이다. 시민들의 현명함과 용기가 오르비에토를 슬로시티로 거듭나게 했다. 옛 마을이 더 아름답고, 느린 곳이 더 귀하다.

다음 행선지인 피렌체에서는 미켈란젤로 언덕을 돌아보고, 푸짐한 점심 식사를 하게 된다. 오늘 먹게 될 피렌체 정통 스테이크는 어떤 맛일까? 방금 슬로시티 오르비에토에서 건강한 '참살이'에 감동하며 출발했지만, 우리 마음은 벌써 급하다. 시간은 더 바삐 흐르고, 소고기를 먹겠다는 의욕만 불타오른다. '오, 이를 어쩌나!'

미켈란젤로 언덕에서
피렌체 시내를 굽어 보고

피렌체 정통 티본스테이크로 즐긴 점심식사

중세 도시 오르비에토에서 피렌체로 향하는 창밖 풍경

미켈란젤로 광장((Piazzale Michelangelo)

피렌체(플로렌스)는 중세 시대 금융과 무역업으로 번성했던 도시다. 미켈란젤로 광장에 오르면 고풍스러운 도시가 한 눈에 내려다 보인다. 이곳은 피렌체 피티 궁전 동쪽 언덕에 있으며, 1871년 조성됐다. 언덕 중앙에 미켈란젤로의 다비드(David)상이 있다. 미켈란젤로 탄생 400주년을 기념해 세워진 복제품이라니, 잠시 눈길이 머문다. 언덕에서 마주하는 늠름한 다비드의 모습은 근육 하나하나가 섬세하고 굳건하며 마치 살아 움직이는 듯하다. 다비드상은 국가 영광을 상징하는 작품으로 진품은 피렌체 아카데미아 미술관에 보관 전시 중이다.

미켈란젤로 언덕에 서면, 피렌체 시내가 한눈에 들어온다. 산타 마리아 델 피오레 성당, 시뇨리아 광장, 투스카니 돔 대성당까지 전체가 내려다보인다. 이곳은 특히 야경이 아름답다고 소문난 곳이다. 우리는 야경을 못 보고 가지만 한낮 풍경도 충분히 아름답다.

사진 위, 미켈란젤로 언덕의 다비드상/ 아래, 피렌체 풍경과 미켈란젤로 언덕에 있는 카페

사진 아래, 레드루의 DSLA에 담긴 피렌체 풍경 - 선명하게 보이는 아르노강과 베키오 다리

왼쪽 베키오 궁전, 그 곁 우피치 미술관, 가운데 투스카니 붉은 돔 대성당, 앞쪽 아르노강

피렌체 시가 아름다운 민낯을 그대로 드러낸 한낮 풍경은 세련되고 멋스럽다. 그대로 한 폭의 명화다.

https://bit.ly/34XzUJr **새와 바람소리, 언어의 울림 피렌체 동영상**

미켈란젤로 언덕에서 피렌체 시내로 들어가는 중

피렌체 티본스테이크, '피오렌티나' - 발도비노 레스토랑

피렌체는 스테이크가 맛있기로 소문난 곳이다. 산타 크로체 성당 근처에 있는 발도비노(Baldovino) 레스토랑에서 점심식사를 마치 만찬처럼 스테이크로 즐긴다. 피자와 파스타도 좋아하지만, 부드럽고 감칠맛 나는 티본스테이크를 음미하며 먹으니 힘이 솟는 것만 같다. 레스토랑 분위기도 산뜻하고 깔끔하다. 티본스테이크의 한 종류로 알려진 '비스테카 알라 피오렌티나(bistecca alla fiorentina)'는 피렌체 스타일로 유명하다. 피렌체를 방문하면 다들 이 티본스테이크를 맛보고 간다.

피렌체는 가죽과 염색 산업이 발달한 곳이다. 고급 가죽은 소, 양, 염소 등의 가축에서 취한다. 특히 피렌체 소가죽은 부드럽고 고급지기로 유명하다. 이곳 스테이크가 유명한 것도 다 이유가 있다. 가죽산업 발달이 스테이크 요리 문화를 함께 발전시켜 왔다. 피렌체를 방문하는 여행객들은 대부분 가죽제품 쇼핑과 티본스테이크 요리에 한 번쯤 푹 빠져 들곤 한다. 이탈리아 여행 와서 제대로 된 단백질은 오늘 처음 섭취한 것 같다.

따뜻한 철판 플레이트 위에서 지글거리며 등장한 피오렌티나 티본스테이

크는 비주얼부터 시선을 끌더니, 맛있는 냄새로 미각을 자극한다. 먹기 좋게 잘려 나온 티본스테이크답게 소 뼈를 우뚝 세워 놓은 것도 멋지다. 제일 중요한 맛은 물론 엄지 척!

식전 빵, 발사믹 식초와 천연 올리브유, 스파게티, 티본스테이크와 오렌지 한 알이 식욕을 돋아주었다. 그러고 보니 와인이 빠졌다. 단체식이다 보니 아쉽지만 다음 기회에 따로 맛보기로 딸과 살며시 약속한다.

산타 크로체 성당, 피렌체 대성당, 시뇨리아 광장

베키오 궁전과 아르노강 둘러보기

르네상스 태생지, 피렌체

피렌체는 중세 유럽의 중심지였다. 경제와 문화를 꽃피운 르네상스 발상지이며, 메디치 가문의 도시이다. 르네상스가 피렌체에서 시작된 것은 메디치 가문과 상인 조합인 길드가 뛰어난 인문학자, 과학자, 예술가들을 적극적으로 지원했기 때문이다. 메디치가(Medici family)는 15~17세기 이탈리아 피렌체를 실질적으로 지배했던 가문이다.

빡빡한 스케줄을 따라 움직이다 보니, 하루 동선도 어디부터 돌아보았는지 헷갈리곤 한다. 나는 폰 카메라에 찍힌 사진 순서대로 기억을 따라가곤 한다. 그러다 보니, 그냥 지나치지 못하고 무심히 찍어둔 사진과 돌아오면서 다시 정색하고 처음처럼 찍은 상황이 겹쳐지곤 한다. 이럴 때마다 건망증으로 흔들리는 머리를 쥐어짜며 상황을 재정리하곤 한다. 모녀가 함께 좋아라 돌아다닌 길인데도, 내 발길과 딸의 동선 순서가 다르고, 서로 찍힌 사진 순서도 다르니, 이 또한 흥미롭다. 서로 관심 가는 장소에서 각자 더 머물면서 잠시나마 집중한 탓이리라.

산타 크로체(Santa Croce) 성당

산타 크로체 성당은 세계에서 제일 큰 프란치스코회 성당이다. 이곳엔 조토와 제자들이 제작한 프레스코화가 장식된 6개 채플과 무덤 및 세노타프(시체가 매장되어 있지 않은 묘)가 조성되어 있다. 프란치스코회의 주요 교회이며, 성 프란치스코가 세웠다는 전설도 있는 로마 가톨릭교회의

이탈리아 영광의 교회(Tempio dell'Itale Glorie)인 산타크로체 성당

소 바실리카이다. 피렌체 부유한 가문에서 건축비용을 지불, 아르놀포 디 캄비오에 의해 1294년 공사를 시작했다. 13세기말 고딕양식으로 완성, 교황 에우제니노 4세가 축성했다. 산타 크로체 성당은 프란치스코회의 소박함을 그대로 드러내고 있다. 로마의 판테온 신전처럼 미켈란젤로, 갈릴레오, 마키아벨리, 시인 포스콜로, 철학자 젠틸레 등 저명 인사들 무덤이 있어 '이탈리아 영광의 교회'라고도 불린다. 크로체 광장에서는 계절마다 여러 가지 행사도 열린다.

레드루가 입고 있는 양가죽 재킷(260유로)은 피렌체 광장 근처 가죽제품 전문점에서 구입했다. 피렌체는 가죽 염색 기술이 뛰어난 곳으로 '가죽 제품의 메카'라 불린다. 딸은 마음에 꼭 드는 재킷을 골라, 망설임 없이 구입했다.

피렌체는 관광객들이 가죽제품 쇼핑을 즐겨 하는 곳이니, 'Made in Italy' 레벨만 확인해도 될 듯하다.

그 사이 미켈란젤로 언덕 위로 드리워졌던 회색 구름은 다 어디로 간 걸까? 언덕 위로 불어오던 강풍이 어딘가로 모두 몰고 갔나 보다. 하늘이 신기할 정도로 맑고 투명하다. 지금, 산타 크로체 성당 위로 보이는 파란 하늘과 흰 구름은 2시간 전 미켈란젤로 언덕 위 그 회색 빛 하늘이 아니다.

피렌체 대성당(Duomo di Firenze)

피렌체에 있는 두오모 정식 명칭은 '꽃의 성모 마리아'라는 뜻의 산타 마리아 델 피오레 대성당(Cattedrale di Santa Maria del Fiore)이다. 필리포 브루넬레스키가 설계한 거대한 돔으로 유명하다.

하얀색으로 윤곽을 두른 초록과 분홍의 아름다운 대리석 판으로 지어졌다. 대리석으로 저렇듯 투명하고 맑은 연초록, 연분홍색을 표현해 내다니, 바라보면 볼수록 신비롭다.

필리포 브루넬레스키(Filippo Brunelleschi, 1377 ~ 1446)는 이탈리아 건축가로 르네상스 건축양식의 창시자 중 한 사람이다.

필리포 브루넬리스키(오른쪽)와 아르놀포 디 캄비오(왼쪽)

자신이 완성한 피렌체 대성당 붉은 돔을 자랑스럽게 올려다보고 있는 브루넬레스키와 설계도면을 끼고 있는 듯한 아르놀포 디 캄비오의 모습이 인상적이다. 브루넬레스키는 공간 깊이를 표현하는 미술 원근법을 발견했다. 그는 피렌체 산타 마리아 델 피오레 대성당의 웅장한 돔 건축을 설계했다. 아르놀포 디 캄비오(Arnolfo di Cambio, 1240~1310)는 니콜라 피사노의 제자이며, 시에나 대성당 설교단, 페루자 분수조각 등 걸작을 남겼다. 피렌체 고딕식 궁전인 팔라초 베키오도 그의 작품이다.

화려한 파사드가 인상적인 피렌체 대성당

산 조반니 세례당(Battistero di San Giovanni)

철문 전체가 청동 부조 장식인 '천국의 문'이다. 번쩍이는 문 속엔 성경 이야기가 담겨 있다. 아담과 이브 창세기, 모세의 십계, 다윗과 골리앗 이야기 등 신자가 아닌 사람들도 알만한 내용들이 섬세하게 조각되어 있다. 정교하고 눈부신 '천국의 문' 앞에 서면 누구라도 한동안 눈길이 머문다. 산 조반니 세례당은 피렌체에서 가장 오래된 종교 건축물이다.

세례당 청동문은 로렌초 기베르티가 디자인한 유명한 걸작이다. 로렌초 기베르티(Lorenzo Ghiberti, 1378년 ~ 1455년)는 초기 이탈리아 르네상스 조각가이자 프레스코 화가다. 기베르티 미술이론은 많이 알려져 있다. 그의 저서 '코멘 타리'(1447년경)는 미술에 대한 견해와 방법들이 설명되어 있는 미술가가 쓴 최초의 자서전으로 유명하다. 이 고서는 르네상스 미술 관련 귀중한 정보의 원천이다. 내부 장식은 조토가 맡았다.

산 조반니 세례당 청동문 위 조각상

산 조반니 세례당 청동문, 동쪽 출입문

주주와 레드루는 피렌체 산 조반니 광장에서 이 멋진 세례당 청동문을 황홀하게 바라보고 있다. 시간조차 멈춘 듯 행복했던 귀한 경험이다.

사진출처: 픽사베이 무료 이미지. 왼쪽부터 산 조반니 세례당, 피렌체 대성당, 조토의 종탑

아르노강으로 가는 길, 이탈리아 출신 영화감독이자 오페라 연출가인 프랑코 제피렐리 재단이 보인다. 우리가 방문했던 3월엔 생존해 있던 프랑코 제필렐리는 3개월 후인 6월, 96세 일기로 세상을 떠났다.

그는 올리비아 핫세 주연 '로미오와 줄리엣'을 비롯, 엘리자베스 테일러와 리처드 버튼이 주연한 '말괄량이 길들이기' 등 작품을 감독했고, 여러 편의 오페라도 연출한 거장으로 우리에게도 알려진 인물이다. 문화 예술 분야에 기여한 업적을 인정받아 2004년 이탈리아인으로는 처음, 영국 기사 작위를 받기도 했다.

우피치 박물관(Gallerie Degli Uffizi)

우피치 박물관은 베키오 궁전 오른쪽에 있다. 세계에서 가장 많은 미술품을 소장하고 있는 한 곳으로 피렌체 여행의 하이라이트다. 효율적으로 입장객을 관리하기 위해 15분 간격, 30명으로 입장하도록 제한하고 있다. 따라서

우피치 박물관에 입장하기 위해 길게 줄 서 있는 사람들

인터넷 홈페이지(또는 전화)를 이용한 예약은 필수다. 우피치 박물관 앞에는 항상 다양한 나라 사람들이 긴 줄로 늘어서서 입장 순서를 기다리고 있다. 우리는 박물관 안으로 들어가 미술품을 감상할 시간이 없으니, 줄 서서 기다리는 사람들이 오히려 부러웠다.

https://www.uffizi.it/ **우피치 박물관 홈페이지**

피렌체의 젖줄 아르노강

베키오 다리가 보이는 아르노강

아르노강(Fiume Arno)

주위 풍경은 아름답지만, '강'이라는 말이 좀 어색하게 들린다. 물에 담긴 강폭이 우리 서울 중랑천 정도나 될까! 한강의 넓고 깊은 강줄기가 새삼 더 위대하게 느껴졌다.

베키오 다리가 보이는 아르노 강가에서 3월 피렌체 강바람을 맞는다. 멈춘 듯 흐르는 듯 물결은 마냥 잔잔하고, 햇빛은 사랑스러울 정도로 따사롭게 내린다. 주주와 레드루는 흥에 겨워 잠시 햇살지기 하며 머물다 가노라!

강가 풍경을 더 낭만적으로 만들어 주던 거리의 악사들. 바삐 지나치던 발걸음 잠시 멈추고 서서, 감미롭고 감상적인 분위기에 젖어 든다. 짧지만 강렬한 여운이 오랫동안 남는다.

시뇨리아 광장

시뇨리아 광장은 우피치 미술관과 베키오 궁전 앞에 있다. 피렌체를 걷다 보면 꼭 발길이 닿게 되는 광장의 중심지다. 현재, 피렌체 시청 건물로 쓰이고 있는 13세기 건축물 베키오 궁전을 마주하니, 이탈리아는 어딜 가나 현재도 과거 역사와 함께 공존하는 듯하다. 시뇨리아 광장은 수 세기 동안 피렌체 정치 사회 문화의 중심지였고, 베키오 궁전 지붕 위에 우뚝 솟아 있는 종루는 로마 시민들을 공공 집회로 불러모을 때마다 울리곤 했다.

종탑을 가진 요새 같은 베키오 궁전(현, 피렌체 시청 청사)

베키오 궁전과 종탑, 오른쪽 건물 우피치 박물관

우피치 광장에는 피렌체의 역사적 사건을 한눈에 돌아볼 수 있는 관련 동상들이 가득하다. 넵튠 분수, 메디치 1세 기마상, 다비드상, 헤라클레스상, 페르세우스상 등이 있다. 이곳엔 광장에서 처형당한 지롤라모 사보나롤라 동판도 있다.

지롤라모 사보나롤라(Girolamo Savonarol): 도미니크 회의 수도사이자 종교개혁가. 민주정치와 신재정치(神裁政治)를 혼합한 헌법으로 피렌체를 통치하려 했으나 교회 내부개혁에 과격한 방법을 취함으로써 크게 반감을 산다. 1498년 5월, 사보나롤라와 그를 따르던 두 명의 도미니코회 수도사들이 시뇨리아 광장에서 화형에 처해졌다.

베키오 궁전 입구 왼쪽, 다비드상(복제품)과 오른쪽, 헤라클레스상

페르세우스(Perseus) 청동상 뒤로 로지아 데이 란치 회랑이 보인다. 회랑 안으로 잠볼로냐의 유명한 '사빈 여인 강탈' 조각품들이 전시되어 있다. 잔인한 인간의 모습(로마인)과 죽어가는 사빈 사람들의 처절한 장면을 실감나게 표현하고 있어, 잠시 로마의 옛이야기를 상기하며 돌아보게 된다.

로물루스 형제에 의해 로마가 세워진 직후, 로마는 여성이 절대적으로 부족했다. 로물루스는 대전차 경기장이 세워진 곳에서, 사빈 사람들에게 딸과

아내를 동반하도록 하여 성대한 파티를 연다. 파티가 열리는 동안 로마인들은 손님으로 온 사빈 여인들을 습격 강간하고 남자들만 쫓아냈다.

결국, 사빈인과 로마인 사이에 전쟁이 벌어진다. 그러나 이미 로마인들과 사이에서 자식까지 낳은 사빈 여인들은 어느 편도 다치길 원치 않게 된다.

이들은 자식들을 데리고, 로마군과 사빈군이 대치하고 있는 전쟁터 한 가운데로 뛰어 들어 화해하라고 호소한다. 마침내 양측은 화해하고 동맹을 맺게 된다는 이야기다. 전시된 조각품들을 통해 사건이 실감나게 흐른다.

단테의 집에서
'생각하는 사람' 로뎅을 만난다

저녁엔 베네치아(베니스)에서 여장을 푼다

단테의 집은 피렌체시에서 운영하는 단테 관련 박물관이다. 단테 생가라고 추정되나, 실제 단테가 살았던 집인지는 확실하지 않다. 두란테 델리 알리기에리(Durante degli Alighieri, 1265년 3월~ 1321년 9월)는 두란테 약칭인 단테(Dante)로, 유명한 이탈리아 시인이다.

우리도 젊은 날, 소녀 베아트리체에게로 향하던 단테의 끝없던 사랑을 한번쯤 흠모해 보기도 하지 않았을까! 어른으로 성장해서는 공허한 삶을 살다 갔을 단테 부인의 입장을 헤아려 보기도 했다.

단테의 집(Museo Casa di Dante)으로 가는 길

산 조반니 세례당 청동문을 감상하고, 단테의 집으로 가는 골목길, 고풍스러운 벽돌집 안으로 양품점이 보인다.

단테 박물관을 외관만 보고 지나치는 것이 아쉽다. 폐장 가까운 저녁 무렵, 주위에 인적도 드물다. 단테는 1265년 태어난 것으로 추정되나, 유년시절 남아 있는 그의 정보는 거의 없다. 단테는 9살 때, 폴코 포르티나리 (Folco Portinari)의 딸인 동갑내기 베아트리체를 처음 멀리서 보고 애정을 느낀다.

유년 시절 베아트리체에게서 느낀 경험은 단테 인생행로를 좌우한다.

그러나 단테는 1277년(12살 때) 젬마 도나티(Gemma Donati)와 약혼을 하고, 1291년 결혼한다. 단테는 베아트리체가 24살로 사망할 때까지 그녀에게 관심과 애정을 쏟은 것으로 전해진다. 그는 정치적 이유로 끝내 이곳 고향 피렌체로 돌아오지 못하고 라벤나에서 생을 마감한다.

청년기에는 로맨틱한 연애 시를 많이 썼으나, 대표작인 『신곡』, 『향연』, 『토착어에 대하여』 등의 작품은 피렌체에서 추방된 후에 썼다. 『신곡』은 이탈리아 문학의 중심 서사시이자 중세 문학의 위대한 작품으로 손꼽힌다. 저

자와 같은 이름의 여행자 단테는 베르길리우스, 베아트리체, 메르나르두스의 안내를 받아가며 지옥, 연옥, 천국으로 여행한다. 단테는 여행에서 신화와 역사 속에 등장하는 수백 명의 인물들을 만나 이야기를 나눈다. 이 과정을 통해, 기독 신앙에 바탕을 둔 죄와 벌, 기다림과 구원에 관한 중세시대 신학과 세계관을 광범위하게 전한다. 『신곡』은 중세작품이나 이탈리아 문학의 꽃으로 꼽힌다 사후에 대한 중세적인 당시 세계관을 보여준 최고의 작품으로 토스카나 방언으로 쓰여졌다.

단테 흉상이 있는 벽에 가만히 등을 기대어 본다. 단테는 로댕의 '생각하는 사람'의 모델이라고 한다. 얼마간 거리를 두고 생각에 잠긴 단테 얼굴을 올려다보니, 로뎅의 '생각하는 사람'과 겹쳐진다. 나는 지금 또 무슨 생각을 하며, 이 유서 깊은 골목에서 단테와 로댕 두 사람 사이를 오가는 걸까? 우리는 모두 흔들리며 살아가는 생각하는 갈대다.

전세 버스는 피렌체시 퇴근 시간과 겹쳐져, 가다 서다를 반복하며 속도를 내지 못한다. 로터리에서 잠시 딱 멈춰 서니, 이른 봄꽃이 화사하게 핀 거리 풍경도 함께 멈춘다. 피렌체 봄도 서울의 봄과 다르지 않다. 별안간 피렌체 파란 하늘이 서울로 향한 주체할 수 없는 그리움을 불러온다. 어린 시절 항상 투명했던 파란 하늘로 향한 그리움이다. 피렌체 하늘은 옛 우리 하늘빛과 똑같은데, 지금 서울 하늘은 제 스스로 미세 먼지를 걷어내지 못한 채 매일 회색빛이니 안타깝다.

베네치아(Venezia) 도착

피렌체에서 3시간 넘게 달려, 베네치아(베니스)에 도착한다. 미리 준비된 저녁식사가 우릴 기다린다. 메뉴는 얄팍한 돈가스와 샐러드, 눈으로만 맛있어 보이던 라자냐와 사과, 오렌지이다. 곧 베네치아 숙소에서도 하루 동안 쌓였던 피로를 말끔히 씻어 내며 꿈길로 간다.

운하의 도시 베네치아,
산 마르코 대성당과 광장

아드리아 해, 두칼레 궁전, 탄식의 다리, 산 마르코 종탑

산 마르코 광장, 투칼레 궁

아침이 밝았다. 날씨는 예보대로 흐린 상태다. 숙소에서 내려다보이는 거리 풍경은 그림처럼 멈춰 선 채 조용하다. 이따금 지나치는 차량도 쓱 바람처럼 스쳐간다. 아침식사를 마치고 잠시 호텔 근처 거리 풍경을 둘러보았다. 우리는 메스트레 선착장으로 가기 위해 전세버스에 오른다.

메스트레 선착장에서 베네치아 리알토 본섬까지 뱃길

이른 아침(8시경), 전세버스를 타고 메스트레 선착장에 도착한다. 곧 베네치아 구도심인 본섬으로 향하는 페리에 몸을 싣는다. 배는 산 마르코 광장으로 가기 위해 설레는 사람들을 가득 태우고 달리기 시작한다.

아침부터 잔뜩 흐려 있는 베네치아, 해무 가득 내린 아드리아 해 풍경이 시야에 흐릿하게 들어온다. 관광하기에 딱 좋은 날씨는 아니지만, 비가 내리지 않는 것만으로도 다행이고, 이런 날이 꼭 나쁜 것만도 아니다. 해무로 촉촉해진 온몸으로 신비로운 이국 풍경도 그대로 스며드니, 같은 풍경이라도 뭔가 더 아련하게 느껴진다. 우리를 태운 페리가 도착한 곳은 관광 중심지인 산 마르코 광장 남쪽이다. 이곳은 선착장이 길게 이어져 있다.

메스트레 선착장

리알토 본섬을 향해 달리는 페리 위에서 바라본 아드리아 해

베네치아(베니스)는 운하 도시

베네치아는 이탈리아 북부에 위치한 베네토 주 베네치아 광역시에 속한다. 과거 베네치아 공화국 수도였다. 베네치아라는 이름은 기원전 10세기까지 이곳에 살던 베네티인들에서 유래했다. 옛 베네치아 공화국 수도로 중세와 르네상스 시대 유럽 해상 무역과 금융의 중심지였다. 13세기부터 17세기 비단, 향료, 밀을 거래하는 주요 창구로 가장 부유한 유럽 도시 중 하나였다.

산 조르지오 마조레 섬이 보이는 아드리아 해 베네치아 만 선착장에 늘어선 곤돌라들

베네치아는 그 지형만큼이나 독특한 문화와 풍토를 지니고 있다. 베네치아 원도심은 석호 안쪽에 흩어져 있는 118개 섬들이 약 400개의 다리로 이어져 있다. 베네치아는 석호, 구시가, 육지로 구분된다. 우리 숙소가 있던 메스트레 지역을 제외하면, 모두 섬으로 이루어져 있다. 도시 자체가 바다 사이에 끼어 있다고나 할까! 육지로부터 약 3.7 km 떨어져 있다.

이탈리아 광장은 대부분 4면이 건물로 둘러싸여 있으나, 산 마르코 광장은 한쪽 면이 바다를 향해 열려 있다. 구도심 바다면 해 선착장인 석호방향 남동쪽 피아체타(Piazzetta)가 산 마르코 광장과 이어져 있고, 수로가 뚫려 있다. 구도심엔 차량이 없으니 이동수단은 걷기와 바포레토(수상 택시나 수상 버스)다. 수상 교통도 이동하면서 발생하는 파도로 인한 도시 균열을 막기 위해 좁은 운하에서는 7km/h, 넓은 곳에서는 11km/h로 속도 제한을 두고 있다.

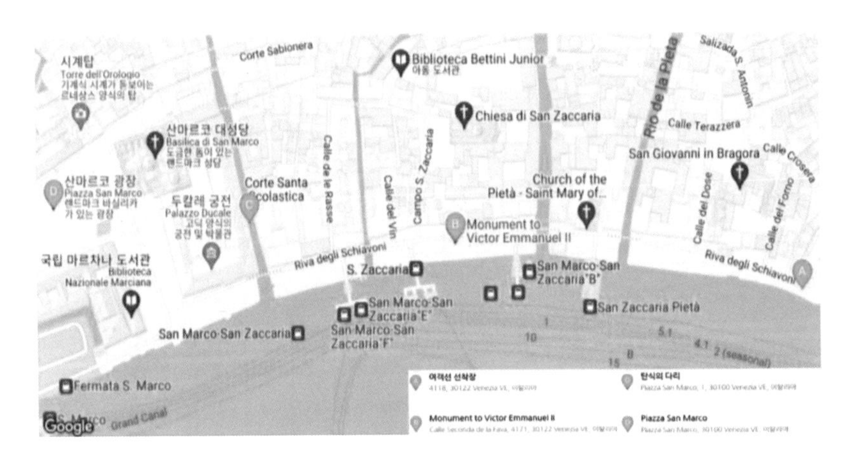

베네치아에서 하루 이상 머물며 관광할 수 있다면, 무라노 섬과 부라노 섬

까지 들리면 금상첨화다. 무라노 섬은 유리공예로 유명하다. 부라노 섬은 형형색색 아름다운 색깔의 집들로 특별한 조형미까지 감상할 수 있는 멋진 곳이다. 부라노 섬의 알록달록 컬러풀한 집들과 운하가 어우러진 풍경은 유명 관광지 사진에서 많이 보곤 했다. 들리고 싶은 마음은 굴뚝같지만, 바삐 움직이는 우리 패키지여행에는 빠져 있다.

사진출처: 픽사베이 무료 이미지, 무라노 섬 유리공예 / 부라노섬 알록달록 예쁜풍경

리도 섬과 메스트레는 비교적 조용하고 관광객도 적다. 저렴한 숙박비로 쉴 수 있는 호텔들도 많다. 리도섬은 베니스 영화제가 열리는 곳으로 이곳 해변도 유명하다.

선착장에서 산 마르코 광장(Piazza San Marco) 가는 길

베네치아 만 선착장에서 산 마르코 광장까지 가는 길은 멀지않다. 중간중간 작은 운하와 다리도 지난다. 그 사이로 곤돌라를 탄 사람들도 보인다. 운하 위로 다닥다닥 붙어있는 고풍스러운 건물들도 그리 낯설지 않다. 땅이 귀한 베네치아는 건물과 건물 사이도 거의 붙어있다. 길도 좁고 미로처럼 복잡하다. 현지인들도 헷갈릴 정도라니, 나홀로 여행자들은 발길과 물길 닿는 대

비토리오 엠마누엘레 2세 동상

로보다는 목적지를 정하고 관광하는 것이 낫다. 책과 영상에서 사진이나 그림으로 보았던 그대로의 이국적인 풍경들이 눈앞에 펼쳐지니, 비로소 우리가 베네치아에 와 있다는 사실이 실감난다.

피아체타(바다에 면해 선착장이 있는 부분)를 걷다 보면, 역사와 운치가 그대로 느껴진다. 운하 도시가 변화해온 자취를 따라 여유롭게 걷는다. 선착장을 따라 호텔과 카페, 수로와 동상 등이 들어 서 있다.

탄식의 다리는 두칼레 궁전(드제 궁)과 감옥 사이 작은 운하를 두고 동쪽으로 난 다리이다. 두칼레 궁전 위층과 연결되어 있는 탄식의 다리는 감옥

탄식의 다리

과 이어지는 통로다. 리알토 다리만큼이나 유명한 다리다. 10인 평의회에서 형을 받은 죄인은 누구나 이 탄식의 다리를 건너 감옥으로 연행됐다. 카사노바도 감옥으로 향하며 탄식했다던 다리다. 죄인들은 이 다리를 건너가면서 바깥세상을 바라보며 탄식했고, 그래서 '탄식의 다리'라는 이름이 유래했다.

* 카사노바(1725년~1798년)는 이탈리아 문학자다. 일찍 성직자가 되었으나 추문으로 투옥, 후에 법률을 배우고 유럽 각 나라 궁정에 출입하며 기괴한 생애를 보냈다. '회상록 Mémoires, 12권'은 엽색 생활기로 유명하다.

베네치아의 중심, 산 마르코 광장

탄식의 다리를 지나 두칼레 궁을 오른쪽에 두고 들어서면, 산 마르코 성당이 웅장하고 아름다운 자태로 나타난다. 산 마르코 광장은 베네치아 정치 경제 문화의 중심이다. 이탈리아 다른 도시들과 달리 고대 로마 유적은 찾아볼 수 없다. 동떨어진 지리적 여건으로 교황이나 황제의 영향력도 미치지 못했던 곳이다. 베네치아는 독립적인 공화국 형태를 오랫동안 유지해 왔고, 정치

산 마르코 광장. 왼쪽 종탑, 정면 오른쪽 산 마르코 대성당, 오른쪽 두칼레 궁

나 종교보다는 상업이 발달한 무역도시로 유명해졌다.

두칼레 궁(Palazzo Ducale)

9세기에 건설된 두칼레 궁은 베네치아 총독의 공식적인 주거지이자, 최고 사법부였다. 1,100년 동안 베네치아를 다스렸던 120명의 총독이 거주했던 곳이다. 15세기 현재 모습으로 완성되었으며, 베네치아에서 가장 뛰어난 고딕양식 조형미를 자랑한다.

산 마르코 광장의 원주

광장에는 멀리 콘스탄티노플에서 옮겨온 흰 대리석으로 만든 2개 원주가 있다. 원주 위로 베네치아의 수호신인 날개 달린 사자와 성 조지상(성 테오도르상)이 올려다 보인다. 산 마르코 광장인데, 왜 수호성인이 성 조지일까? 옛날 성 조지가 베네치아 수호성인이었을 때, 숙적인 제네바와 전쟁을 벌이면서 베네치아는 수호성인을 성 마르코로 바꾸었다. 당시 제네바 수호성인

광장 입구, 날개 달린 사자상과 수호성인 조지상은 옛 베네치아의 상징

도 성 조지였기 때문이다. 두 세력이 치열한 전투장에서 같은 수호성인의 이름을 외치며 돌격했을 불편하고 어색한 상황이 그려진다. 산 마르코 광장 입구에 서 있는 성 조지상은 수호성인이 바뀌기 이전에 세워졌던 것이다. 성 조지의 잘못도 아니고, 당시 세력들끼리 전쟁이었으니 옛 수호성인 조각상까지 내려칠 이유는 없는 것이다. 베네치아 성인은 성 마르코가 맞다.

산 마르코 대성당 (Basilica di San Marco)

산 마르코 성당은 베네치아의 상징이다. 828년 베네치아 수호성인 마르코 유체를 모시기 위해 창건했다. 967년 화재로 유실되었고, 1063년부터 10년에 걸친 복원 공사로 현재 모습을 갖게 됐다. 성당 내부의 보석과 금박으로 장식된 '황금의 제단'도 유명하다. 내 외부를 아름답게 장식한 모자이크 벽화는 미술사적 귀중한 자료이다. 로마네스크 양식과 비잔틴 양식이 혼합된 성당으로 밖의 둘레는 330m이고, 5개의 두오모를 갖고 있다. 17~18세기 제작된 천장 모자이크화에는 사원 창건 유래가 담겨있다.

십자군 전쟁 시, 콘스탄티노플에서 약탈해 옮겨놓았다는 기마상 4마리

산 마르코 광장 여기저기, 이모저모

나폴레옹 보나파르트는 산 마르코 광장을 보고 '유럽에서 가장 아름다운 응접실'이라고 감탄했다. 베네치아 공화국은 나폴레옹에 의해 멸망했다. 이곳은 베네치아를 찾는 이들이 반드시 들리는 명소다.

산 마르코 광장은 베네치아 카니발이 열리는 곳이다. 우리가 방문했을 때도 일주일 전에 열렸던 축제의 흔적들이 광장 바닥 여기저기 널려 있었다. 오늘처럼 흐린 날씨에는 3월 초에도 제법 쌀쌀하다. 2월 평균 기온은 최저 0.7℃, 최고 8.2℃라는데, 매년 2월 말이면 이런 성대한 축제를 연다.

베네치아 카니발의흔적 / 산 마르코 광장 쇼핑몰 중 한 상점 / 마르고 광장 회랑

광장 주위로 흰 대리석 열주가 줄지어 있는 회랑도 장관이다. 회랑 안으로 상점과 카페 등이 들어 서 있다. 아이쇼핑을 즐기면서 천천히 편하게 걷는다. 둘러보기만 해도 시간이 어찌나 빠르게 지나던지. 자유시간이 끝나갈 무렵, '마르차나' 도서관 입구을 발견한다. 도서관 직원은 우리가 들어서려는 문이 관계자들만 출입하는 곳이란다. 도서관으로 들어가려면, 긴 회랑 끝에서 돌아가면 된다고 하지만, 우리에겐 그럴 시간이 없었다.

산 마르코 광장 회랑 내 '카페 플로리안' / 산 마르코 광장 회랑과 종탑

회랑 내 '카페 플로리안'은 1720년 개업한 유서 깊은 곳이다. 바이런, 괴테, 바그너 등이 단골로 찾았던 역사적 의미가 더해져 광장의 또 하나 명물이 되었다. 곤돌라를 타고 와서 자유시간에 다시 이곳에 들렀으나, 플로리안 앞에는 긴 줄을 서서 기다리는 사람들로 북새통이었다.

산 마르코 종탑 (Campanile di San Marco)

베네치아에서 가장 높은 산 마르코 종탑에는 전망대가 있다. 9세기에 세워진 92m의 이 종탑은 베네치아의 랜드 마크이기도 하다. 그 동안 보수와 변경을 거듭, 1912년 기존 종탑의 모습으로 완성됐다.

베네치아 곤돌라와 수상 택시 투어

산 마르코 광장 카페 '라베나'에서 누린 여유

자동차가 없는 물의 도시 베네치아는 150개 넘는 수로로 연결되어 있다. 400개 넘는 다리가 수로들 위로 육로를 잇는다. 그랜드 운하가 도시 가운데로 통과하고 작은 운하들이 십자를 그리며 도시를 가로 지른다. 곤돌라는 대표 교통수단이었지만 이제 실질적인 기능은 바포레토(수상 버스와 수상 택시)가 담당한다. 21세기 곤돌라는 일정 구간을 순회하는 관광 상품이다. 현재 관광용으로 쓰이는 곤돌라는 200~300척 정도이다.

https://bit.ly/3h0BcpB **운하의 도시 베네치아 곤돌라 투어**

베네치아 곤돌라 투어

산 마르코 광장 명품거리 가까이 있는 산타 마리아 델 지그리오 선착장으로 곤돌라가 쉴 새 없이 들고 난다. 우리도 잠시 차례를 기다려, 흔들리는 곤돌라에 조심스레 오른다. 베네치아의 낭만을 제대로 느낄 수 있는 일정이니, 기대감으로 살짝 설렌다.

곤돌라는 베네치아 전통적인 이동수단으로 손으로 나무를 깎아 담금질하는 작업을 무한 반복하며 만들어진다. 전 공정이 사람 손으로 만들어지므로 웬만한 중형차 가격을 훌쩍 넘는 대단한 몸값을 자랑한다.

곤돌라 탑승 정류장은 여러 곳에 있다. 베네치아는 도시 자체가 아담하다. 걸어서 이동하는 거리도 대부분 짧다. 곤돌라는 수상 택시와 달리 좁은 수로 쪽을 돌아볼 때 이용한다. 곤돌라는 탑승 예약도 가능하지만, 우리는 현장에서 승차권을 구매하고 탑승한다. 곤돌라 탑승 정원은 6명, 운항 시간은 30분 정도다. 2019년 3월 당시, 주간엔 80유로 야간엔 100유로를 받았다. 곤돌라는 한 대당 6명이 타나 1명이 타나 같은 요금을 받는다. 곤돌라가 일단 1회 출발하면 돌아서오는 코스가 동일하기 때문이다. 단출하게 자유여행 다니는 사람들은 동행자를 구해 함께 탑승하면 경제적이다.

모든 곤돌라는 검은색이고, 칸막이가 없다. '곤돌리에'라 불리는 뱃사공들은 검은색 가로 줄이 있는 상의와 검은 바지를 입는다.

이 날은 바람도 불고 해무도 낀 우중충한 날씨 탓으로 조금 추웠다. 곤돌리에 중에도 검은색 조끼나 점퍼를 덧입은 이들이 많았다.

곤돌라 뱃사공은 베네치아에서 인기 직업 중 하나다. 단순히 힘을 많이 필요로 하고, 역사와 지형만 외우면 아무나 할 수 있어 보이지만 그렇지 않다. 관련 학교를 수료하고 적어도 4개 국어를 할 줄 알아야 하며, 곤돌라 조종법 외 역사와 노래 등 가이드 역할까지 겸할 수 있을 정도로 베네치아에 대해 깊이 있는 공부도 해야 한다. 베네치아에서 태어나 베네치아에 주소를 둔 사람만이 이 직업을 가질 수 있다. 하루 평균 150만 원을 벌어들인다니, 곤돌리에가 되려는 사람들의 경쟁도 치열하다. 어려운 면허시험은 물론 국가에서 발행하는 영업증도 필요하다. 그런데 이 영업허가는 단 407명에게만 주워진다. 면허증을 취득해도 빈자리가 나지 않으면, 곤돌리에로 일할 수 없으니, 경쟁이 더욱 치열해질 수밖에 없다.

30m 넘는 커다란 노를 저어, 탑승 인원 6명을 태운 채 육중한 곤돌라를 움직이려면 고되고 힘들 법도 한데 이들에게는 프로다움과 고소득자의 여유로움이 온몸에 흘러넘친다. 하루 열 번 남짓 1회 30분 코스의 노를 저어 150만 원이란 거금을 번다니 놀랍기도 하고 부럽기도 하다.

곤돌라를 타고 베네치아 사람들의 삶이 묻어나는 좁은 수로를 따라가는 짧은 여정은 흥미진진하다. 영화나 명화에서처럼 곤돌리에가 이탈리아 가곡이라도 한 곡 뽑아줬으면 하는 기대는 그냥 기대로만 끝! 우리 곤돌리에는 말이 없다. 가이드 역은 포기한 사무적인 '까도남'으로 보인다. 허긴 좌우 앞뒤를 살피며, 두 팔로 노를 저어가면서 우렁차게 가곡을 불러 젖히는 모습이야 현실에선 보기 쉽지 않을 듯하다.

계속 들고나는 관광객들을 실어 나르기에도 웬만한 체력으로 힘에 부칠 듯하나 곤돌라끼리 가까이 스쳐갈 때면, 곤돌리에들끼리 몇 마디씩 주고받기도 하며 유유자적 노를 젓는다. 다음에 혹 베네치아에서 다시 곤돌라를 타게 된다면, 그땐 엔터테이너 기질 흠뻑 지닌 목청 좋은 가이드를 만나게 되길!

곤돌라가 대운하로 들어서면 아드리아 해 물결이 우릴 반긴다. 베네치아 본 섬을 관통하는 대운하로 나서면, 낭만적인 곤돌라보다 스피드 한 수상 택시가 눈에 더 많이 띈다. 우리를 태운 곤돌라는 거대한 돔의 산타 마리아 델

대운하 맞은편으로 보이는 산타 마리아 델라 살루테 성당

라 살루테 성당을 가까이 지난다. 나무 기단 위 석호에 저런 거대한 성당이 견뎌 온 오랜 세월이 대단해 보인다. 저곳은 베네치아 '도르소두로 푼타 델라 도가나'인 카날 그란데와 베네치아 석호 중 하나인 '바치노 디 산 마르코' 사이에 누워 있는 좁은 손가락 모양의 땅이다. 베네치아 곤돌라 투어는 좁은 수로를 지나 대운하를 돌아 다시 선착장에 도착하는 여정으로 진행된다.

곤돌라 선착장을 나서면, 오른쪽으로 그리티 팰리스 호텔(Gritti Palace Hotel)이 보인다. 이 유서 깊은 호텔은 『노인과 바다』로 1953년 퓰리처상, 1954년 노벨 문학상을 수상한 미국 작가 헤밍웨이가 장기 체류하면서 작품을 집필했던 곳으로도 유명하다.

바그너의 커피 하우스 '카페 라베나'에서 누린 여유

곤돌라 투어 후, 50여 분간 자유시간을 갖는다. 주주와 레드루는 산 마르코 광장에 있는 카페 '라베나'에서 이탈리아 전통 라테를 마시며, 여유로운 시간을 누린다. 라베나 1, 2층을 오르내리며 사진도 찍고, 들고 나는 사람들을 바라본다. 마치 현지인인양 무심한 듯 관광객들을 바라보고 있지 않는가!

곤돌라에서 내린 후, 베네치아 명품 거리를 지나 다시 산 마르코 광장으로 가는 길.

카페 라베나는 '바그너의 카페'라고도 불린다. 독일 작곡가 바그너가 방문했던 카페이기도 하고, 그의 대표작 '트리스탄과 이졸데'(Wagner, Tristan und Isolde)를 완성한 장소가 바로 이곳 라베나이기 때문이다.

카페 라베나 앞 노천카페에서 보이는 베네치아 산 마르코 성당과 광장, 오른쪽 두칼레 궁

라테를 주문하면 컵받침에 쿠기 한 조각과 초콜릿이 나온다. 라테 11유로, 에스프레소 7.5유로다. 여름에는 카페 라베나 앞 광장에서 낭만적인 클래식 공연이 열리기도 한다.

카페 라베나 매장, 1층과 2층

이날 베네치아 날씨는 흐리고 우중충하고 쌀쌀했다. 날씨만 좀 더 화창했더라면, 카페 '라베나' 앞 광장 노천카페에서 여유를 즐겼을 텐데. 춥다고 느껴질 정도로 썰렁했던 이 날, 아무도 노천카페에서 여유를 즐기지 않는다.

자유시간 끝, 수상 택시 타러 선착장으로 간다.

베네치아 수상 택시 선착장 뒤로 보이는 산 조르지오 마조레 섬

수상 택시를 기다리는 동안 선착장 앞, 이동식 상점들을 둘러봤다. 카니발 가면(얼굴 크기 12유로~15유로, 작은 것 3유로~4유로) 공예품과 기념품들이 가득 진열되어 있다. 상점마다 가면과 장식품, 액세서리 등 비슷한 물건들을 팔고 있다. 같은 듯 각기 다른 표정의 가면들은 텅 빈 눈동자를 채워 줄 자신만의 눈동자를 애타게 찾고 있다. 사람들은 무심히 스쳐 지나가고, 축제도 끝난 베네치아 노점은 한가하다.

https://bit.ly/3p1jJl4 **수상 택시를 타고 돌아본 베네치아**

베네치아 운하(카날 그란테 Canal Grande)의 양지와 음지

베네치아 운하 풍경은 고풍스러운 건축물과 어우러져 더 아름답다. 그러나 운하의 수질은 일반 하수도만큼이나 오염되어 있다니, 놀랍고 안타깝다. 대운하 쪽은 물의 흐름이 빠르고 폭도 넓어 그나마 수질이 낫지만, 주택가로 흐르는 폭 좁은 운하 수질은 하수도 수준이란다

베네치아는 16세기부터 사용한 gatolo라는 전통 하수관을 통해 하수를 운하로 배출해 왔고 현재까지도 그대로 사용하고 있다. 베네치아 구시가지 전체가 세계유산이니, 현대적인 대규모 하수처리 시설을 만들기도 힘든 상황이다. 석호 내부로 갈수록 해수 순환이 느려져 수질은 더 나쁘다.

대운하 곳곳에 노란 띠가 둘러진 직육면체 수상 버스 정류장이 말뚝에 고정된 채로 둥 둥 떠있다. 본 섬에서 무라노 섬, 부라노 섬 등 다른 섬으로 이동할 때 현지인들은 물론 여행자들도 많이 애용하는 교통수단이다.

카날 그란데에 설치되어 있는 '산 사무엘레' 수상 버스 정류장

아드리아 해를 달리는 수상 택시는 곤돌라와 달리 제법 속도감을 즐길 수 있는 공공 교통수단이다. 베네치아는 낭만적인 도시임에 틀림없지만, 나 같이 땅에 발을 딛고 여기저기 마음 내키는 대로 걸어서 돌아다니는 사람에게는 신기하긴 해도 답답하게 느껴진다. 민원인들이 많이 찾는 관공서 앞엔 보트를 정박할 수 있는 말뚝이 여러 개 박혀 있다. 우리나라 구청 자동차 주차장 같은 보트 주차장이다.

이 아름다운 도시도 최근 지구 온난화로 인해 조금씩 가라앉고 있다고 하니, 안타깝다. 최근 이상 기후와 해수면 상승으로 1층이 물에 잠기는 경우도 다반사이다. 베네치아인들은 주택 1층을 아예 포기하고, 보트 주차장으로 개

관공서 보트 주차장

베네치아 최초의 다리인 리알토 다리.

조해서 사용하기도 한다. 이곳은 원래 습지다. 6세기경 훈족 습격을 피해 정착하게 된 이탈리아 본토 사람들이 간척으로 건설한 도시다. 그 공법은 공학적으로 간척과는 다른 영구적 수상가옥 건설법이다. 당시 베네치아 인들은 개펄 습지에 통나무를 촘촘히 깊이 박았다. 그 위에 나무로 된 기단을 얹고, 다시 돌을 얹어 건물을 지었다.

베네치아는 지중해 동부에서 유럽으로 운반되는 상품의 집산지로, 지중해 무역의 중심지였다. 유리, 양복지, 비단, 금, 철, 청동 등 가공 기술이 유명하다. 697년 독자적인 공화제 통치를 시작, 11세기 십자군 원정 기지가 되기도 한 곳이다. 공화국 베네치아는 개신교와 로마 가톨릭 간 분쟁을 개신교 쪽으로 유리하게 중재, 1606년 교황청으로부터 파문을 당한다. 1797년 나폴레옹 보나파르트 침략으로 1805년 나폴레옹 치하 이탈리아 왕국에 귀속됐다. 1815년 오스트리아 지배를 받기 시작, 1866년 이탈리아 왕국으로 편입된다.

운하 뱃길로 구 도심에서 현대 항만까지

베네치아 운하인 카날 그란데(Canal Grande)는 오랫동안 수상 교통의 중심 역할을 해왔다. 대중교통으로 수상 버스와 택시인 바포레토(Vaporetto)가 운행된다. 주주와 레드루는 베네치아 좁은 수로에선 곤돌라를, 아드리아해 대운하에선 수상 택시를 즐겼다. 사람들은 카날 그란데를 오가며, 운하도시 베네치아의 아름다움과 낭만에 취하곤 한다.

수상 택시 타고 베네치아 운하 뱃길 달리는 중

대운하는 산 마르코에서 베네치아 산타 루치아 기차역 인근 석호로 이어진다. 베네치아 석호(Venetian Lagoon)는 아드리아 해 북부 석호 중 하나로 베네토 주 해안에 있다.

바포레토인 수상 버스 / 수상 택시

패션과 유행의 도시 밀라노

밀라노 성당, 비토리오 엠마누엘레 2세 갤러리아, 스칼라 광장

수상 택시 투어를 끝으로 베네치아와도 아쉬운 작별을 했다. 머물지 못한 채 왔다 가는 것이 인생이라면, 여행자의 여정만큼 찐한 인생도 없다. 아름다운 베네치아 풍경은 조금도 사라지거나 흩어지지 않고, 기억 속 잔상으로 남아 있다. 전용 버스에 실린 몸은 어느새 3시간 30분을 달려, 패션의 도시 밀라노로 들어선다. 벌써 오후 5시가 되어 간다. 밀라노에선 오늘 1박뿐이고, 내일 아침 일찍 남 프랑스로 넘어갈 계획이다.

밀라노(Milano) 거리풍경

밀라노는 이탈리아 북부 최대 도시로 롬바르디아 주에 있고, 포강이 흐른다. 이탈리아 최대 도시를 형성하고 있는 밀라노는 광역 도시권 인구가 로마보다 훨씬 많다. 밀라노는 국제적인 다국적 도시로 불리며, 인구 13.9%가 외국인이다. 유럽 주요 도시의 많은 교통수단이 밀라노를 통과한다.

'고딕 건축 걸작'으로 불리는 밀라노 두오모(성당) 등 유적지가 있으며, 금융과 비즈니스 사업체들이 본사를 두고 있는 도시다. 회색 구름 가득 내린 하늘 저만치서 서서히 어둠이 깃들기 시작한다. 퇴근시간 도심 번화가이니 우리를 태운 전용버스도 계속 가다 서다를 반복하며 거북이처럼 느리게 간다. 밀라노는 우리가 돌아본 로마, 오르비에토, 베네치아와 다른 세련된 현대 도시 느낌을 풍긴다. 고풍스러운 낮은 건물 사이로 제법 높은 현대적인 건물들도 보이고, 빌딩 전면을 장식한 화려한 패션 광고도 눈길을 끈다. 버스 안에서 바라보니, 도로가 좁아서인지 밀라노엔 오토바이를 타는 사람들이 제법 많아 보인다.

차창 밖으로 보이는 밀라노 시내

밀라노는 도시형 자전거 대여 서비스 '바이크 미(Bike Mi)'를 등록제로 365일 운영한다. '서울 자전거 따릉이'와 비슷한 서비스인 것 같다. 일반 자전거는 30분 무료, 이후 시간당 요금이 부과된다. 홈페이지나 전화로 연간, 주간, 일일 사용자로 등록하면 시내 정거장에서 바로 이용 가능하다. 우리는 스칼라 광장을 지나쳐 두오모 광장에서 짧고 강렬한 밀라노 투어를 시작한다.

왼쪽 비토리오 엠마누엘레2세 갤러리, 가운데 밀라노 성당, 오른쪽 두오모 박물관

고딕 건축의 걸작, 밀라노 성당과 광장

밀라노의 상징인 밀라노 성당(Milan Cathedral)은 135개의 뾰족 첨탑이 하늘을 찌르고, 3천 개 넘는 입상이 외관을 장식하고 있다. 길이 157m, 폭 92m, 높이 108.5m로 바티칸 산 피에트로 성당, 런던 세인트 폴 성당, 쾰른 대성당에 이어 세계 4번째로 큰 규모다. 성당(두오모) 내부에는 15세기에 만들어진 화려한 스테인드글라스가 있고, 보물실에는 4세기~12세기의 각종 보석들이 보관되어 있다. 계단과 엘리베이터를 이용, 전망대에 오를 수 있고, 맑은 날엔 알프스 산맥까지 보인다. 현재, 밀라노 대교구 성당으로 사용하고 있다.
밀라노성당 입장료: 성당내부 3유로, 테라스 BY 엘베 13유로, 테라스 BY 걸어서 9유로, 지하유적지 7유로

밀라노 두오모 폐장은 오후 7시지만, 이미 입장 마감 30분 전이다. 성당 오른쪽으로 두오모 박물관도 있다. 밀라노 성당 지하 및 테라스를 둘러보는 입장권도 있지만, 우리에겐 계획에 없던 코스이니 빨리 아쉬움 떨쳐내고, 남아 있는 시간이라도 최대한 즐기기로 한다.

밀라노 광장 한가운데 서 있는 비토리오 엠마누엘레 2세 동상

두오모 광장 가운데 비토리오 엠마누엘레 2세(Vittorio Eman-uele II, 1820년 3월~1878년 1월) 기념상이 우뚝 서 있다. 그는 사르데냐와 이탈리아 왕국 왕으로서 '조국의 아버지'라 불리며 존경받고 있다. 유해는 판테온 신전에 안장되어 있다. 이탈리아는 19세기 중엽까지 오스트리아, 프랑스, 로마 교황 등으로부터 지배받아 왔다. 북 이탈리아 사르데냐만이 비토리오 엠마누엘레 2세 선정으로 독립을 지키며, 국력을 높였다. 그는 뛰어난 외교로 프랑스, 영국 등과 협상을 맺고, 통일을 방해하던 오스트리아와 싸워 이겼다. 568년 랑고바르드족 침략을 시작, 긴 세월 분열됐던 이탈리아는 1861년 3월 비토리오 엠마누엘레 2세가 왕국 건립을 선언하고, 초대 국왕으로 즉위했다.

사진: Pixabay ①비토리오 엠마누엘레 2세 갤러리 ②엠마누엘레 2세 동상 ③밀라노성당 / 밀라노 성당의 화려한 외관 입상들

비토리오 엠마누엘레 2세 갤러리아

비토리오 엠마누엘레 2세 갤러리는 세계에서 가장 아름다운 쇼핑거리다. 유행과 패션을 한 곳에서 볼 수 있는 아케이드로 두오모 광장에서 스칼라 극장 앞 광장까지 200m 이어진다. 이 아름다운 갤러리아는 건축가 주세페 멘고니 설계로 1865년부터 1877년까지 13년 걸려 완성했다.

갤러리아 천정은 글라스로 길게 빛을 비추도록 설계되었다. 중앙 돔 높이는 47m이며, 지구를 상징한다. 4면에는 4대륙을 상징적으로 묘사한 프레스코화가 기품을 드러내며 그려져 있다. 갤러리아는 각 부분이 서로 어울려 하나의 예술작품이 됐다. 3층 건축물이 십자 모양 회랑을 사이에 두고 블록으

아케이드 초입에 있는 유서 깊은 카페

로 이루어져 있다. 회랑 상점 간판은 모두 검은색 바탕에 황금색 글씨로 쓰여 있어, 고급스러워 보인다. 각각의 개성은 이렇게 통일된 디자인 속에서 오히려 더 빛난다. 사거리를 이루는 독립적 건물들은 마치 한 건축물같이 아름다운 조화를 이룬다.

갤러리아 안에는 전통 노천카페, 레스토랑, 서점, 명품 브랜드 숍, 아기자기 예쁜 부티크들이 저마다 공간을 차지한다. 서로 조화를 이루기도 하고, 각기 특별한 개성을 드러내기도 한다.

갤러리아를 가득 메운 사람들

바닥에도 대리석과 타일 모자이크가 아름답게 장식되어 있다. 갈색, 베이지, 푸른색 등 잔잔하고 화려한 색상과 다양한 문양이 채색되어 있다. 마치 예술품을 지르밟고 걷는 기분이다. 우리는 유럽 귀족이라도 된 듯 특별하고 멋스럽게 걷는다.

프라다(PRADA) 매장 앞에서 천정을 올려다본다. 아케이트는 4개의 블록 사잇길 위로 촘촘한 철제 프레임으로 연결 되어있다. 블록 사잇길 위를 연결한 아치형 유리 천장은 멋스럽게 지붕처럼 덮여 있다. 건축물 자체가 예술품이다. 아케이드 중앙 천장에 연결된 유리 돔을 올려다 본다. 명품 부티끄 매장상품들보다 더 빛나는 명품은 비토리오 엠마누엘레 2세 갤러리아 건

축물이 아닐까! 각 네 건물 모서리 상단에 그려진 유럽, 아프리카, 아메리카, 아시아 4대륙을 상징하는 여신의 자태도 명품이다. 십자 형태 회랑 돔 천장 벽화에는 각각 4대륙을 상징하는 여신이 그려져 있다. 각 대륙 원주민들과 함께 아름답게 묘사된 여신들의 모습은 고개 들어 우러러봐야 볼 수 있다. 각 여신은 농경, 공업, 과학, 예술 등 4가지 인간 활동을 상징하고 있다. 프라다 매장 위 여신 곁에는 독수리 상이 날개를 펼치고 있는 것처럼 보인다. 명품 브랜드 프라다도 이곳 밀라노에서부터 시작됐다.

중저가 브랜드, 스테파넬과 마시모두띠 매장도 있다.

"소원을 말해 봐!" - 황소 모자이크 성기 밟고 세 바퀴 돌기

고대인이나 현대인이나 많은 사람들은 신에 의지하려는 본성을 지니고 있나 보다. 고대인들은 태양 이동경로에 위치한 12궁도 별자리를 통해 자신의 미래를 들여다보고 싶어했다.

그리스 신화에서 따온 별자리 중, 갤러리 중간(4거리 블록)쯤 바닥에 황소(Taurus) 별자리가 모자이크로 되어있다. 황소 성기 부분만 유독 움푹 파여

져 있다. 재미 삼아 한다고 생각하지만, 그냥 웃어버리기에는 대단한 힘이 느껴졌다. 갤러리아를 찾은 21세기 사람들도 빙글빙글 세 바퀴를 돌면서 별 점치듯 소원을 빌면 이루어진다고 하니, 미신이라 해도 흥미롭다. 신나게 세 바퀴를 돌다 보면 소원 비는 것도 잊어버린다. 그래도 세 바퀴를 쌩 돌 수 있다면 다른 소원은 모르겠지만, 건강 소원은 따로 빌지 않아도 될 듯!

황소 성기를 밟고 세 바퀴 돌면서 소원을 빌면, 이루어진다고. 레드루 소원도 꼭 이루어지길!

황소 성기 부분을 신발 뒤꿈치로 찍고 오른쪽으로 돌면 몸이 건강해지고, 왼쪽으로 돌면 자신이나 가족이 바라는 시험에 통과할 수 있단다. 세 바퀴를 돌아야 한다지만, 실제 몇 바퀴를 돌아야 하는지는 확실하지 않다. 황소 그 부분을 하도 많은 사람들이 밟고 돌다 보니, 한 곳만 움푹 파여 있다. 얼마나 많은 관광객들이 이곳에 뒤꿈치를 넣고 돌리는지, 일년에 3차례 정도 정기 보수공사를 한다. 3월 6일에도 줄을 서서 기다리는 사람들로 붐볐다. '나는 왜 돌지 않았을까?' 어지러움 증이 있기도 했지만, 이 아름다운 갤러리를 찾은 것도 내 버킷리스트 중, '딸과 함께 먼 나라 여행'에 담겨 있으니, 내 소원은 매일 매 순간 이루어지고 있는 중이다.

매장 끝 아치문으로 나서면, 스칼라 광장이 있다. 우리는 두오모 광장 쪽 입구에서 들어왔다. 스칼라 광장을 둘러보고 다시 아케이드로 돌아 나온다. 아기자기 예쁜 '몬다도리' 서점에 들러서 가려고.

몬다도리 서점

서점 내부는 서울이나 밀라노나 다르지 않다. 이층에는 다빈치와 미켈란젤로 관련 서적이 많다. 헤밍웨이 책들도 보인다. 쭉 둘러보면서 마음 가는 책을 펼쳐보기도 한다. 글이 부족하면 그림으로 읽는다.

아기자기하고 예쁜 몬다도리 서점 1층

2층에는 오가는 사람도 없어 주주와 레드루가 전 층을 세낸 듯하다. 나는 필리베이 유지의 'Robopop Book'을 집어 들었고, 딸은 'How to Be a Good Lover' 책을 골라 들고, 각기 기념사진을 찍었다.

몬다도리 서점 2층 창가에서 보이는 고급스러운 갤러리 매장들

레드루는 지금, 르네상스 미술의 3대 거장들과 조우 중이다. 지구촌에서 '모나리자'의 레오나르도 다빈치, '천지창조'와 '다비드상'의 미켈란젤로, '아

테네 학당'의 라파엘로를 모르는 사람은 거의 없다. 우리도 얼마나 자주 만나고 싶어 하는 이들인가! 이틀 전, 바삐 밀려 나온 바티칸 미술관에서의 아쉬움이 잠시 스쳐간다.

스칼라 광장(Piazza Della Scala)과 스칼라 극장(La Scala)

스칼라 광장은 작지만 밀라노를 둘러보는 기점으로 위치가 좋다. 전세버스를 타고 시내로 들어섰을 때도 눈에 쏙 들어왔던 장소다.

1778년 8월 3일 산타 마리아 델라 스칼라 성당이 있던 자리에 현재의 '라 스칼라' 극장이 세워졌다. 개장 작품으로 안토니오 살리에리의 오페라 '유로파 리콘소시우타'(L'Europa riconosciuta)가 초연 됐다. 제2차 세계대전 공습으로 파괴되었으나 1946년 지금의 모습으로 복구됐다. 토스카니니가 지휘한 역사적인 콘서트로 다시 문을 열었다. 외관은 심플하고 수수하나 비엔나·파리 오페라 하우스와 함께 유럽 3대 오페라 하우스로 불리며, 세계 음악을 이끌어 가는 곳이다. 3천2백여 명을 수용할 수 있다. 19세기 이후, 베르디 <오페르트>, 푸치니 <나비부인> 등 수많은 오페라가 초연됐다.

스칼라 광장, 다빈치 동상(왼쪽 사진)이 바라보는 앞쪽으로 스칼라 극장 (오른쪽 사진)이 있다.

밀라노 트램

우리는 밀라노 광장과 갤러아리에서 1시간 남짓 자유시간을 마치고, 스칼라 광장 근처에 모여, 전세버스가 도착하기로 한 밀라노 거리로 나선다. 도시엔어둠이 내리고, 쇼윈도엔 불빛이 차오른다. 트램(전차)이 제법 빠르게 우리 곁을 스쳐 간다. 밀라노 시민 서너 명을 태운 트램 안 희미한 불빛이 따스하게 느껴진다. 우리도 이젠 하룻밤 포근하게 쉴 곳으로 향한다. 숙소로 가는 길, 차창 밖으로 이탈리아 다른 도시에선 못 보았던 스타벅스 매장이 보인다. 이도 밀라노만의 특별함인가!

이탈리아에는 유서 깊은 카페들이 많다. 원래 마시던 커피가 맛나고 향기

로운데 굳이 스타벅스 커피를 마실 필요가 있겠나? 서양 커피 역사도 이탈리아로부터 시작됐다고 한다. 현지인들은 스타벅스를 즐기지 않는다. 로마에서는 볼 수 없던 직사각형 현대식 건물도 차창 밖으로 스친다.

큰 기대만 하지 않는다면, 어느 곳에서든 씻고, 먹고, 쉬며, 행복한 꿈나라까지 날아갈 수 있는 안식처가 된다. 어둠을 밝혀 주는 호텔 불빛도 우리를 환영하는 것이라 믿으며, 피곤한 몸을 끌고 들어선다. 배정받은 방에 여장을 풀고, 호텔 구내식당으로 내려간다. 저녁식사를 하러.

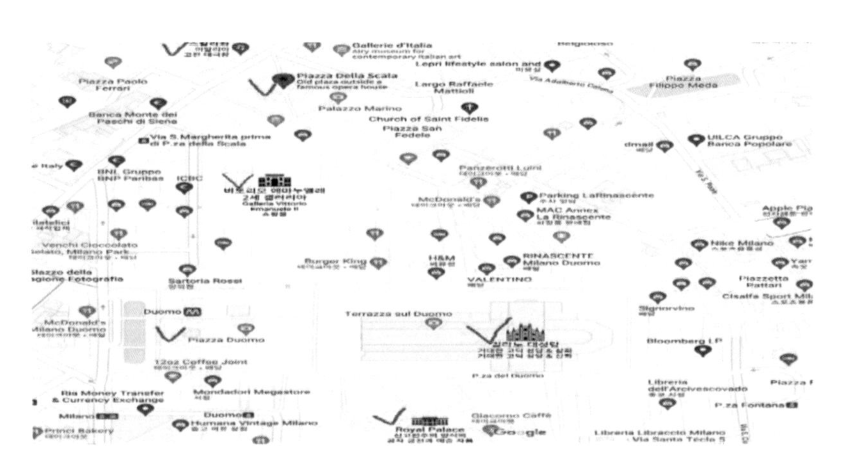

다음 날, 밀라노 새벽은 밤새 내린 비로 촉촉하게 젖어있다. 문득 얼큰 담백한 컵라면이 생각났다. 우중충한 새벽에 먹은 따끈한 컵라면 맛은 역시 최고! 우리는 1시간 후, 간단한 콘티넨탈식 아침식사도 거르지 않고 즐겼다. 3월 7일 여행 5일째, 이탈리아에서 남 프랑스로 국경을 넘는다. 우리 일정은 '로마 IN & OUT'이다. 모나코, 니스 등을 방문하고 다시 이탈리아로 돌아가면서 친퀘테레 마나놀라와 피사 등을 돌아볼 예정이다.

코트다쥐르 해변, 모나코에서 지중해에 빠지다

밀라노에서 모나코까지, 메히 광장, 모나코 대성당

코트다쥐르 해변, 아름다운 모나코

코트다쥐르는 툴롱(Toulon)에서, 이탈리아 국경 가까운 망통(Menton) 마을까지 이어진다. 모나코는 깊고 푸른 지중해, 눈부신 햇살, 드센 해풍으로 우리를 강렬하게 반긴다.

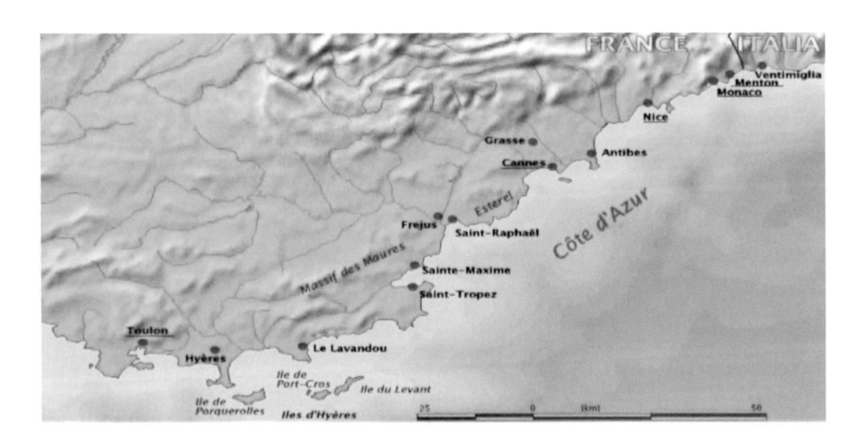

모나코는 1297년부터 그리말디 가문이 통치하고 있다. 영토 문제로 1701년부터 군을 보유하지 않고 국방권은 프랑스에 위임, 1861년 프랑스-모나코 조약으로 서로의 주권을 인정했다. 군주는 왕이 아니라 공작이다. 레니에 3세는 1949년부터 56년간 재위했고, 이어 알베르 2세가 즉위했다. 한국으로 치면 한 개 동(洞)에 해당하는 면적이니 공항도 없다. 사람들은 남 프랑스 니스에서 기차를 타고 방문한다. 바티칸 시국에 이어 두 번째로 작은 지중해 연안 도시국가다. 1993년 UN 가입, 행정구역 없이 퐁트빌레, 라콘다민, 모나코빌, 몬테카를로 4개 구역(quartier)으로 나누어져 있다.

점심은 L'AURORE 레스토랑에서 스파게티로 소박한 식사를 즐긴다. 깔끔해 보이니, 시각으로 미각을 충동질해서 맛있게 냠냠!

메히 광장

작은 메히 광장은 높지 않은 건물들로 삥 둘러 서 있다. 이런 예쁜 건물들을 품고 있으니, 골목길도 산뜻산뜻하다. 위 사진 왼쪽 핫핑크 건물은 우체국이다. 모나코는 어딜 가나 특별하고 멋스럽다.

대성당으로 가는 중, 큰 거리에서 내려다보이는 퐁트빌레 구역 지중해 풍경

사진 위, 모나코 대성당 가는 길 내려다보이는 생 마르탱 공원 / 아래, 깔끔하고 심플한 건물들

모나코 대성당(성 니콜라스 성당)

파란 하늘로 흰 구름이 머물 듯 말 듯 느긋하게 왔다가 천천히 흘러간다. 성 니콜라스 성당은 1875년 로마 비잔틴 양식으로 지어졌다. 성당 외관은 근처 해양 박물관과 대공 궁처럼 단순한 곡선과 새하얀 돌들로 동일한 패턴을 이루고 있다. 내부는 대리석 제단 모자이크와 대리석 벽 등이 아름답다. 여러 점의 모자이크, 그림, 조각상 등이 보관되어 있고 중세 시대 스테인드글라스도 감상할 수 있다.

세개의 신도석을 지나면 그레이스 대공비 묘지를 비롯한 왕실 묘지가 있다. 내빈실에는 여러 개의 그림과 프레스코화가 걸려 있다.

사진 위, 모나코 대성당 대리석 제단 / 사진 아래, 프레스코화

그레이스 패트리샤 캘리는 모나코 대공 레니에 3세의 대공비로, 미국 영화의 전설적인 배우 중 한 사람이다. 1950년 20세 나이로 연기를 시작, 26세 영화계를 은퇴하고, 레니에 3세와 결혼했다. 1982년 9월 자동차 운전 중 갑작스런 발작에 의한 교통사고로 사망했다.

사진 위, 그레이스 켈리 대공비 묘지 / 아래, 모나코 성당 내부

입구에서 들어오는 빛이 성스럽게 느껴지는 대성당

모나코 대성당에서 나와 대공 궁으로 향한다. 좁다란 골목길을 따라 걷노라니 마치 동네 한 바퀴 산책하듯 마음이 편하다. 평범한 길에서도 모나코만의 정겹고 고급스러운 매력이 느껴진다.

골목길 양품점과 '모나코 최고의 버거'를 판다는 카페

주주와 레드루는 동화 속 주인공처럼 모나코 골목길을 걷고있다. 투명한 쪽빛 하늘에서 내리는 3월 햇살이 마냥 싱그럽다. 지중해에서 불어오는 바람은 드세지만, 이 정도 날씨라면 여행자에겐 최상이다.

모나코 대공 궁 가는 길, 오른쪽 법원 청사

모나코 법원 청사인 '정의의 궁전'도 마치 별장처럼 예쁘고 아담하다. 골목길을 벗어나면, 대공 궁과 빨레 광장이 보인다. 빨레 광장은 모나코 빌 투어의 핵심 포인트다. 빨레 광장에서 바라본 짙푸른 지중해와 이국적인 생 마르탱 가든은 한없이 예쁘고 고급스럽다.

대공 궁이 있는 빨레 광장, 에르퀼레 항구(Port Hercules) 쪽 풍경을 바라 볼 수 있는 곳

지상의 천국, 모나코 지중해를 품고 하늘로 날아오른다

대공 궁, 생 마르탱 가든,

볼 뽀뽀하는 사랑스러운 모나코 소녀들

모나코 공국

코트다쥐르 마을과 도시들은 모두 아름답지만, 모나코가 더 특별한 이유는 프랑스가 아닌 다른 국가라는 점이다. 모나코 공국은 프랑스 남동부에 접하고 지중해에 면한다. 제노바 명문가 그리말디 가문이 통치하고 있는 이 도시 국가는 13세기 대프랑스 무역기지로 발전했다. 그리말디 가문은 1419년 돈을 주고, 제노바로부터 모나코 영토를 사들였다. 원래 프랑스 망통에 이르기까지 넓은 지역이 모두 모나코 영토였다. 그 동안 모나코는 오랜 세월 지속적으로 주변 강대국들로부터 침략을 받기도, 보호 받기도 하며 국가로서 생명력을 이어왔다.

그러나 그리말디 가문의 오랜 수탈은 암울했던 역사의 그림자로 남아있다. 당시 이곳 사람들은 그리말디 가문의 강탈로 몹시 힘든 삶을 살았다. 얼마나

라콘다민 구역, 에르퀼레 항구(Port Hercules)

힘이 들었으면 독립을 주장했을까! 프랑스 또한 이런 기회를 놓칠 리 없었다. 프랑스군은 로그부린과 망통 지역을 무력 점거한다. 모나코는 프랑스에게 어차피 이길 수 없음을 인정하고, 이 지역을 40만 프랑에 팔아버린다.

현재 모나코 국민의 99%가 프랑스인과 이탈리아인이다. 순수 모나코인은 소수에 불과하다. 도시국가 모나코는 발달한 산업도 없고 국방, 통화, 언어 등 모든 면에서 프랑스와 공유하고 있다. 그런데 왜 많은 외국인들이 모나코에 들어와 사는 걸까? 바로, 모나코 국민은 '소득세 면제'라는 대단한 혜택을 받기 때문이다. 천혜의 아름다운 자연 풍경에다 소득세까지 면제라니, 유럽 부호들이 사랑할 만한 '하늘 아래 천국'임에 틀림없다. 모나코는 세계에서 백만장자 밀도가 가장 높은 나라다. 전체 인구의 30%가 백만장자라고 하니, 저절로 입이 떡 벌어진다. 모나코는 19세기 말부터 화려한 카지노가 들어서 돈 많은 사람들의 놀이터가 되어주었다.

모나코 대공궁

이 나라의 주요 수입원은 카지노와 관광수입이다. 이곳을 방문한 사람들이 오래 머물며 돈을 팍팍 써 주길 바란다는 뜻을 알겠다. 도시국가 모나코의 생존 전략은 '한없이 예쁠 것, 그리고 고급스러울 것'이다. '모나코만의 특별한 비주얼은 다 이유가 있었구나!' 독특한 생존전략으로 부자들의 조세 피난처라는 비난도 받고 있지만, 작은 도시국가가 어떻게든 독자적으로 살아남기 위해서 달리 방법이 없었을 것 같다. 마땅한 산업 동력이 없는 작은 나라 모나코는 세계 부호들이 모여드는 특별한 도시 국가가 됐다.

그리말디 동상. 왼쪽 뒤 모나코 대공 궁과 오른쪽 뒤 콜로니 동상이 보인다.

그리말디와 콜로니 동상

모나코 왕궁 입구 오른쪽 빨레 광장에는 프랑수아 그리말디와 식민지인 콜로니 동상이 있다. 프랑수아 그리말디는 교활한 성격으로 인해 일명 '말리지아'로 알려진 인물이다. 그의 모나코 도착은 교황 지지자 '구 엘프와 로마노'와 게르만 황제 지지자 '지브린'간 갈등으로 인해 발생했다. 그리말디는 프란체스코 수사로 변장, 부기를 숨기고 '지라 벨리'인들 몰래 이곳으로 들어와, 그리말디 왕조를 꾸렸다.

콜로니 동상은 모나코를 25년 동안 통치했던 앨버트(Albert) 1세 왕자에게 외국 식민지인들이 공물 바치는 모습을 형상화했다. 동상에서 식민지인이 공물을 마련하는 모습은 무척 힘겨워 보인다. 모두가 공생하며 살아온 역사라고 감히 말할 수 있을까?

고통 받던 이들의 삶, 군림했던 자들의 행태는 그들이 생을 마감한 후에도 부의 대물림으로 이어진다. 역사는 쳇바퀴처럼 계속 돌고, 지금도 너무 많이 가진 자와 아무것도 갖지 못한 사람의 간격은 별로 좁혀진 것 같지 않다.

모나코다움을 보여주는 모나코 빌(Monaco Ville), 대공 궁

이 동상들 뒤로 심플하고 세련된 모나코 왕궁이 있고, 아래로는 웅장한 에르퀼레 항구(Port Hercules)가 내려다보인다. 눈부시도록 아름다운 풍경이다. 모나코 궁전은 양 옆으로 모나코 시가지와 지중해 해안을 한눈에 조망할 수 있는 전망대 역할까지 한다. 그 조망이 어찌나 찬란하게 빛나는지, 눈이 부실 정도다. 지중해성 기후라 날씨는 늘 화창하지만 해풍은 정말 세게 불어온다. 모나코 빌은 모나코 공국의 중심지로, 모나코 대공 궁전과 주요 기관인 공국 청사, 의사당, 감옥 등이 있다. 모나코 궁전 근위병 교대식은 매일 오전 11시 55분에 이루어진다는 데, 우리는 대공 궁전 중심으로 탁 트인 사방을 감상하던 중, 근위병 3명이 각 잡고 업무 교대하는 장면만 보았다.

폰트빌레 항구가 내려다 보이는 모나코 광장, 대포 앞 전망대에 선 레드루와 (사진 아래) 주주

중세 유럽 요새들처럼 모나코 대공 궁도 접근하기 힘든 고지대에 있다. 광장 가장자리로 둘러쳐진 낮은 성벽, 포화와 포탄들이 주권 국가로 살아남기 위한 옛 모나코의 의지를 보여준다. 중세 봉건사회는 다양한 귀족 가문들이 많았지만, 이렇게 직접 영토를 사들여 자신만의 왕국을 세우고 오늘날까지 주권국가로 남아 있는 곳은 찾아보기 쉽지 않다. 그리말디 가문이 그들만의 왕국을 세웠던 곳이 지금 이토록 아름다운 모나코 도시국가로 존재한다.

사진 위, 폰트빌레 구역 항구 쪽 풍경/ 사진 아래, 옛 대포와 탄환들

라콘다민 에르퀼레 항구 반대쪽 전망대인 폰트빌레 항구 쪽 광장 둘레로 몇 그루 소나무도 심어져 있다. 선착장에는 레저용 개인 요트들이 질서 정연하게 줄지어 있고, 지중해는 쪽빛으로 빛난다. 일 년 중 300일이 맑다는 지중해를 왜 하늘 아래 천국이라 부르는지 절로 고개가 끄덕여진다. 지중해성 기후가 사람 살아가기 좋다는 사실을 실감한다. 모나코 해안 위로 밀려든 해풍은 무척 강렬하다. 사람들 머리카락은 모두 바람에 제멋대로 날린다.

생 마르탱 가든(Saint-Martin Gardens)

생 마르탱 정원은 가파른 절벽 위로 산책로가 잘 조성되어 있다. 지중해 아름다운 풍경을 끼고 걷노라면 세상 근심까지 다 지중해로 날아가 버리고, 심신이 절로 힐링된다. 날씨는 화창한데, 지중해 바람이 심하게 분다. 바닷바람이야 동해나 지중해나 거세게 부는 것이 당연하지만, 모나코는 특히 지중해를 마주한 절벽 위에 세워진 곳이니, 어딜 가나 바람이 심하다. 그 강한 바람조차 우리 마음을 힐링 되게 하는 곳이 바로 이 생 마르탱 정원이다.

에두아르드 바르셀 산도즈 작품, '생명의 교차로' 앞에서 오른쪽으로 돌아본 모습

에두아르드 마르셀 산도즈(1881년 3월~ 1971년 3월)는 스위스 바젤에서 태어나 로잔에서 숨을 거둔 스위스 조각가이자 수채화가다. 생 마르탱 정원에서 그의 아름다운 작품 '생명의 교차로'(Le Carrefour de la Vie)라는 특별한 조각품을 직접 감상할 수 있는 것도 즐거움이다. '생명의 교차로'는 바라보는 방향에 따라 여신의 각기 다른 4가지 표정과 모습을 볼 수 있다.

알베르 1세 모나코 대공(사진 아래, 동상)은 생물학자 출신이다. 모나코 헌법 제정을 추진하여 1911년 헌법이 제정됐다.

세상 어딜 가나 사람, 나무, 꽃까지 살아가는 형태는 크게 다르지 않다. 성장하고 결실을 맺고 최고의 전성기까지 다 누리며 살다가 어느 순간 딱 멈춘다. 생 마르탱 공원에서는 모든 생명들이 멈추는 모습까지 한없이 예쁘고 고급스러울 것만 같다. 각기 다른 환경에 적응하며 비슷하게 또 다르게 살아가는 생명들은 다 귀하고 소중하고 예쁘다.

모나코 해양 박물관과 몬테카를로 카지노

모나코 빌에 있는 해양박물관은 탐험가이자 해양학자인 알베르 1세가 지은 곳으로 6천여 개 표본을 보유한 수족관이 특히 유명하다. 들려가진 못하지만 몬테카를로 카지노는 프랑스혁명 이후, 모나코가 재정난에 시달리면서 세운 곳으로 도박뿐 아니라 사교장의 기능도 갖고 있다.

생 마르탱 가든에서 바라보이는 해양 박물관

사진출처: 위키백과, 해양박물관 정면 / 사진출처: 픽사베이, 몬테카를로 카지노

전세 버스를 타고 지나치는 라콘다민(La Condamine) 구역, 에르퀼레 항구쪽 전경

모나코에서 마지막 특별 보너스! - 소녀들의 볼 키스

버스가 해양 박물관 근처에서 잠시 정차 중이다. 길을 건너간 소녀가 맞은편에서 기다리던 친구와 프랑스식 양볼 뽀뽀인사를 나눈다. 레드루는 1년간 뉴욕서 체류 중일 때, 프랑스인 친구에게서 양볼 뽀뽀를 받고 움찔 놀라기도 했다지만, 나는 영화 아닌 실제 장면으론 처음 본다.

사랑스러운 모나코 소녀들의 양볼 뽀뽀인사를 끝으로 우리도 모나코와 진한 작별인사를 나눈다. 주주와 레드루는 한국식으로 "안녕!" 차창 밖으로 남겨진 눈부신 모나코 풍경들이 또 오라며, bye-bye 손짓을 건넨다. '한없이 예쁠 것, 그리고 고급스러울 것!' 모나코는 작은 공국이지만, 특별한 아름다움으로 우리 기억 속에 오랫동안 남아 있을 것이다.

레드루 DSLR에 찍히는 줄도 몰랐을 소녀들 초상권을 위해 수채 연필화로 처리

https://bit.ly/3oZ8fik **모나코에서 지중해에 빠지다. 동영상**

아름다운 지중해의 보석, 니스(NICE)

마세나 광장, 프롬나드 뒤 파이용 분수공원,

프롬나드 데 장글래 해변

남 프랑스 휴양도시, 코트다쥐르의 수도 니스

모나코에서 45분간 전세 버스로 달려 온 아름다운 휴양도시 니스, 이곳도 지중해에서 불어오는 오후 바람이 거세다. 니스는 해안선을 따라 긴 모래사장이 펼쳐져 있어 프랑스인들이 휴가철 해수욕을 즐기기 위해 많이 찾는 휴양지다. 모나코는 국가가 작기도 하지만 그 짧은 해안도 대부분 절벽이거나, 배를 성박하기 위한 항구시설로 사용하고 있어서 모래사장이 거의 없다.

니스는 남 프랑스 항만도시로 지중해 연안에 있는 주요 관광지인 프랑스 리비에라(코트다쥐르)의 중심지다. 마르세유와 제노바 사이에 위치하고 있다. 도시인구는 100여만 명, 연평균 기온은 15도다. 연중 온난하고 풍경이 아름다워 많은 관광객이 찾는다. 특히, 니스 해안 7Km를 따라 조성된 '영국인의 산책로'라 불리는 프롬나드 데 장글래가 유명하다. 니스를 방문하는 사람이라면 누구나 한 번쯤 거닐게 되는 곳이다.

https://kr.france.fr/ko/cote-dazur 코트다쥐르 안내, Explore France

길 건너 공원을 지나면 프롬나드 데 장글래 산책로와 지중해가 넘실댄다.

니스에 도착, 전세버스에서 내리니 자유 시간부터 주어진다. 우린 괜히 신났다. 어린아이 마냥! 해변을 등지고 도심 마세나 거리로 향한다.

니스, Hotel de Ville

2019년 2월, 향년 85세로 사망한 칼 라거펠트가 니스 쇼윈도에서 아는 체 한다. 그의 유명한 명품을 가진 것은 없지만, 당시 매스컴에서 죽음을 애도하던 기사는 또렷하게 기억난다. 아마도 은발과 검은 선글라스가 특별하게 각인된 것 같다. 샤넬과 펜디, 그리고 자신의 이름을 딴 칼 라거펠트 등으로 오랫동안 패션계를 이끌어 온 거장이다. 죽어서도 살아서처럼 이름을 날리는 유명한 이 사람이 쇼윈도 안에서 아는 체 하니, 잠시 눈길이 머문다.

아기자기 예쁜 니스 상점들 둘러보기

니스 상점에서 클림트, 빈센트 반 고흐 등 소형 명화 액자를 다섯 개 샀다.

귀국 후, 지인들에게 선물하고 나서야, 사진이라도 찍어둘 걸 하는 마음이 들었지만, 내 것이 아니고, 나를 거쳐 간 물건들이니 찍어두면 또 뭐 하겠나.

샐러드 & 주스 바, SO Green

니스에서 누린 편안함과 자유로움이 주주와 레드루에겐 퍽 소중하다. 'SO Green'에서 과일주스를 마시며 휴식을 취한다. 온전한 이방인이 되어 멍 때리던 시간이니 더 좋았다. 이곳은 주스뿐 아니라 샐러드로 간단한 식사도 가능할 듯, 우리나라 '조 앤 더 주스'나 '서브 웨이'를 합해 놓은 것 같다.

마세나 광장 중앙에 있는 태양의 분수와 아폴론 동상

마세나 광장 위로 7개의 조형물과 아래로 나란한 트램(전차) 철길

마세나 광장(Place Massena)

마세나 광장은 니스의 중심가다. 니스 해변과 프롬나드 데 장글래 산책 길을 뒤로 하고 쭉 걸어오면 마세나 광장에 닿는다.

광장에는 프롬나드 뒤 파이용, 알베르 1세 공원이 있고, 시민들이 애용하는 트램(전차)도 지나간다. 마세나 광장 구간에선 사람 걸음보다 조금 더 빠

른 속도로 여유롭게 달린다. 바둑판처럼 깔린 타일 바닥 보행로도 멋스럽다. 마세나 광장에는 자동차가 없다.

광장의 가늘고 높은 7개 기둥 위에는 각자 다른 포즈의 사람 조형물이 있다. 7대륙을 상징한다. 스페인 조각가 하우메 플렌사의 '니스에서의 대화'라는 유명한 작품이다. '니스에서의 대화' 밤 풍경은 DSLR로도 제대로 다 잡히질 않아, 공식 웹사이트에 있는 친절한 야경사진을 담아왔다. 마세나

광장은 하늘보다 지상 위로 먼저 어둠이 깃드는 것 같다. 낮엔 갈매기도 끼룩거리며 찾아와 대화를 나눈다. 지구 상 모든 생명체들이 속 깊은 대화를 나눌 수 있는 멋진 곳이다. 지중해 바람을 품고, 걷기만 해도 기분이 업 된다. 더구나 니스에서 2박 한다는 사실은 어딘가 정착한다는 느낌마저 들었다. 이런 편안함이 니스여서 더 좋다. 이번 여행 중 이렇게 느긋하고 편한 산책은 처음이었으리라.

니스 프롬나드 뒤 파이용(Promenade du Paillon) 분수공원

마세나 광장 동쪽, 분수공원은 '빠이용 산책로'라 불리며, 시내 중심에서 동서로 길게 뻗어 있다. 시민들의 휴식공간이자, 관광객들도 쉬어가기 편한 공원이다. 니스는 베네치아와 더불어 유럽에서 가장 성대한 카니발이 열린다. 마세나 광장은 해마다 2월 말에 열리는 니스 카니발 축제의 주 무대다.

프롬나드 뒤 파이용은 공원 전체가 분수다. 바닥에 물이 잔잔하게 깔려 있으니, 주변 풍경이 거울처럼 반사된다. '거울 분수'라는 별칭이 딱 들어맞는 곳이다. 우리는 물방울처럼 튀어 오르며 즐거운 시간을 갖는다.

프롬나드 뒤 빠이용 공원은 뉴욕 하이라인 파크나 서울 청계천처럼 도시 재생사업으로 새롭게 탈바꿈한 명소다. 과거 운행 종료되어 버려진 철도역이 있던 장소가 이렇게 멋진 쉼터로 거듭 탄생했다.

저녁식사는 일행과 다시 모여 인도인이 운영하는 식당에서 펜네 파스타를 먹고, 니스 해변쪽으로 이동한다.

프롬나드 데 장글래

지중해 위로 붉은 노을이 물든다. 니스 해변으로 서서히 내리던 어둠이 별안간 바쁜 듯 서둔다. 이곳은 '영국인의 산책로'라 불리는 3.5Km 지점의 중심지로 니스의 주 거리다. 가로수와 해변 백사장이 남국 분위기를 풍긴다. 아름다운 '프롬나드 데 장글래' 해변 길은 폭넓은 보도가 잘 정리되어 있다. 니스를 대표하는 최고급 호텔들이 길게 늘어서 있다. 호텔도 음식점도 해변 쪽이 고급스럽고 비싸다. 우리가 묵을 호텔은 해변을 벗어난 니스 역 가까운 곳에 있다. 다시 전세 버스를 타고 숙소로 향한다.

사진 왼쪽, 공중에 붕 떠 있는 조형물 의자가 인상적 / 장글해 해변 도로 횡단보도

니스의 숙소 'Days Inn Nice Centre'

오래된 외국영화에서나 본 수동 엘리베이터는 손으로 문을 열고 닫아야만 작동한다. 일행이 모두 2층~5층 숙소로 캐리어를 나르는 데도 한참 걸렸다. 처음엔 '안전할까?' 좀 의심스러운 눈초리로 바라보았고, 나중엔 '이런 고

풍스러운 엘리베이터를 언제 다시 타보려나!' 호기심과 기대로 애용했다.

우린 니스 밤거리로 산책을 나가기로 약속했지만, '잠시 쉬자'라고 누운 침대에서 결국 깨어나지 못했다. 니스의 첫날밤은 그냥 꿈길로 이어졌다. '내일 아침엔 좀 아쉽겠지?' 그러나, 하룻밤이 남아 있으니 다행이다.

고풍스런 반자동 엘리베이터

절벽 위 중세 마을 에즈(EZE)에서 지중해 위로 솟다

열대 선인장 정원, 이국적인 여신 조각상들,
라갤러리에서 에즈 마을 풍경화 구입

니스에서 맞은 첫날 아침

아침 일찍 콘티넨탈식 조식을 마치고, 에즈(에제) 마을로 향한다. 니스에서 에즈까지 전세버스로 20여 분 걸린다. 오늘(3월 8일)은 날씨도 맑고 청명하다. 지중해에서 불어오는 바람도 어제와 달리 온화하고 부드럽다.

위, 차창으로 본 니스 아침 해안 풍경 / 아래, 에즈 주차장에서 올려다 본 고풍스러운 중세 건물

지중해 절벽 위, 독수리 둥지 같은 에즈(에제) 마을

에즈는 니스와 모나코 사이에 위치한 주민 3천 명이 넘지 않는 작은 마을이다. 해발 427m 높은 절벽에 독수리가 둥지 튼 모습을 닮아, '독수리 둥지'(agle`s nest)란 별명도 갖고 있다. 13세기 로마 침략과 14세기 흑사병을 피해 올라온 사람들이 마을을 형성한 곳이다.

니체를 생각하며 걷는다!

니체의 숨결이 느껴지는 곳이다. 독일 철학자 니체는 지중해가 한눈에 내려다보이는 이곳에서 '자라투스트라는 이렇게 말했다' 영감을 얻어, 집필했다. 에즈 마을은 니체에게 어떤 곳이었나! 오래전, 니체가 느꼈을 에즈 절벽의 드센 해풍, 따사로운 햇볕을 오늘은 우리가 그대로 품고 걷는다. 나는 아직도 '살아야할 이유'를 알아가는 중이지만, 지금은 각별한 자극을 받고 깨어나, 자유롭게 날아오르고 싶다. 녹록치 않은 삶을 온전히 느끼며 살다보면, 아주 가끔 나도 초인처럼 '나의 가능성'의 한계에 닿기라도 할까?

로쉐 갤러리 / 에즈 골목길

에즈 마을 골목길을 오르면서 눈은 지중해 풍경에 빠지고, 머릿속엔 니체(1844~1868)가 그린 초인에 관한 생각들이 들고 난다. 우리가 사랑할 수밖에 없는 중세 골목 풍경이 고즈넉하고 따사롭다.

에즈 마을 성당과 시계탑

그런데 별안간 불어오는 드센 해풍에 한 번 휘청이고 나자, 시대를 앞서 살다간 프랑스 시인 보들레르(1821~1867) '악의 꽃'에 등장하는 새 '앨버트로스'(신천옹)가 생각났다. 뱃사람들에게 사로 잡혀 무기력하게 희롱당하던 모습이 애처로워 보였던 앨버트로스를 이곳 지중해 절벽 위로 불러내고 싶다. 앨버트로스는 2m 넘는 날개를 우아하게 펼친 채 고고하게 하늘을 날아야 맞다. 이 새는 보들레르처럼 이상주의자이다.

이런 천상의 새지만 배 위로 끌려 내려가면 서툴고 뒤뚱거리는 걸음걸이로 뱃사람들의 조롱거리가 된다. 가능성을 향해 늘 멋지게 비상하던 날개가 오히려 거추장스러워지고, 그 근사한 날개 때문에 평지 이륙도 힘겹다.

배 위도 평지도 앨버트로스가 있을 곳은 아니다. 에즈 마을 해안가 절벽 위에서라면 고귀한 이상을 향해 다시 날아오르지 않을까? 이곳에 둥지를 틀고 살면, 기류를 이용해 활강하듯 날아오를 것이다. 시대를 너무 많이 앞서 살다 간 보들레르도 지상에선 항상 아프고 외롭고 힘들었던 이상주의자였다. 감히 보들레르의 새, 앨버트로스를 이곳 절벽으로 불러와 함께 지중해 위로 솟아오르려 꿈틀댄다! 나도 어쩌면 시인과 새처럼 고단한 현실 위로 고고하게 날아오르고 싶은지도 모르겠다.

3월 벚꽃 만개한 골목길, 아틀리에 Marc Ferrero 갤러리 뒤로 라갤러리도 보인다.

LAGALERY(라갤러리)는 골목길 쪽 입구를 막아 놓았다. 조금 더 올라가면 오른쪽 계단 서너 개 위로 입구가 보인다. 눈길과 관심이 가지만, 내려올 때 들러볼 생각으로 그냥 지나친다.

Nid d'Aigle(독수리의 둥지)에서 둥지를 틀고 싶다. 'Salle interieure avec vue mer' 바다가 보이는 인테리어 룸이라니, 내 마음은 어느새 이곳에 둥지를 틀지만, 발걸음은 보이지 않는 일행을 쫓고 있다. 'OUVERT, OPEN, APERTO' 프랑스어, 영어, 이탈리아어로 '열려 있다'는 걸 세 번이나 밝힌다. 관광객들의 발길이 저절로 멈추도록. 주주와 레드루는 서두르지 않고 둘러본다. 어차피 일행은 정상에 다 모여 있을 테니.

선인장 정원 입구에서 왼쪽으로 보이는 눈부신 지중해 풍경

에즈 열대 선인장 정원(Jardin Exopique)

입장료 6 유로, 관람시간 09:00~19:00(7월~8월 20:30). 이날 우리 일행은 첫 번째 단체 손님으로 선인장 정원에 입장했다. 부지런한 한국인인가, 아니 바쁜 한국인이다.

http://www.eze-tourisme.com/fr/ **에즈 빌리지 홈페이지**

열대 선인장 정원 입구로 들어서면, 하늘과 맞닿은 지중해가 한눈에 들어온다. 프랑스 국기가 에즈 마을 붉은 지붕 위에서 지중해 바람을 맞으며 힘차게 휘날린다.

에즈 마을 상징인 이시스(Isis)는 저스틴(Justine)이라 불리는 이집트 신화에 등장하는 여신으로 파라오의 화신으로 여겨지는 오시리스(Osiris)의 아내다. 이집트 기념품 중 최고의 인기를 누리는 이제트라 불리는 눈이 있는 수호신 호루스(Horus)의 어머니이기도 하다. '모성과 생산의 신'으로 추앙받는다. 이시스는 로마시대에도 풍요를 가져다주는 여신으로 여겼다.

Jean-Philippe Richard는 30년 이상 모델러로 활동해 온 프랑스 조각가로 비유적, 비현실적인 여성 형식을 독점적으로 탐구한다. 스스로를 가르치는 조각가로 모델 없이도 작동, 현실 제약을 극복하고 규칙적인 선으로 여성의 이상과 조화로움을 담아낸다. 작품마다 Justine or Isis, Margot, Isabeau, Anais, Rose, Melissa, Chloe, Charlotte, Marina 등 여신의 이름을 지었다.

여신들은 성별 차이를 넘어선 듯, 독립적이고 위풍당당해 보인다. 말랐어도 연약해 보이지 않는다. 21세기 여성상으로도 부족함 없어 보이는 곧은 자세와 뚜렷한 이미지가 마음에 든다. 열대 선인장과 이국적인 여신 조각상들은 고풍스러운 에즈 마을과 지중해 풍경 속에 함께 어우러져 아름답고 신비롭다.

Marina 여신과 주주

아름다운 지중해(Mediterranean Sea), 그 심연엔 오랜 역사가 담겨있다. 지중해는 대서양으로 이어지는 바다다. 해역 대부분이 세 개의 주요 대륙에 둘

러싸여 있는 것이 특별하다. 북쪽 유럽, 남쪽 아프리카, 동쪽 아시아(레반트)를 접하고 있다. 지중해는 말 그대로 '땅 한가운데' 있다는 뜻이다.

*레반트: 팔레스타인(고대 가나안), 시리아, 요르단, 레바논 등이 있는 지역

https://www.richardsculpteur.com/ **조각가 홈페이지**

해역 면적은 250만 km^2 로 지중해와 대서양이 연결되는 지점(지브롤터 해협)의 폭은 14km에 불과하다. 평균 수심은 1,500m이고, 가장 깊은 지점으로 기록된 곳은 이오니아 해 칼립소 심연이다. 육지로 둘러싸인 바다를 이르는 일반적인 개념의 지중해와 구별하기 위해 '유라 프리카 지중해' 또는 '유럽 지중해'라고도 불린다. 이곳 해역은 고대시대부터 중요한 교역로였다. 메소포타미아, 이집트, 페니키아, 카르타고, 그리스, 레반트, 로마, 무인, 투르크 등 여러 민족이 많은 물자와 다양한 문화를 주고받았다. 지중해는 이 지역의 공통분모이며, 세계사의 중심이기도 했다.

에즈 마을을 품고 있는 지중해 위로 눈부신 하늘이 끝없이 펼쳐진다. '지중해와 하늘은 하나로 이어져 있구나!' 나는 이제 지중해를 마주하고 서서, 앨버트로스처럼 에즈 절벽 위에서 지중해 위로 솟아오른다.

심해를 자유롭게 유영하고 다시 하늘로 날아오른다. 절벽과 바다와 하늘이 내게로 와서 안긴다. 중세 에즈 마을에서 느낀 해방감과 자유로움이 얼마나 특별하던지! 지금도 생각하면, 당장 날아오를 것만 같이 생생하게 살아있는 느낌이 든다.

날아올랐으니, 다시 에즈 절벽 둥지로 돌아온다. 그런데 둥지로 돌아와 보니, 일행은 모두 에즈 마을 주차장을 향해 떠났다. 주주와 레드루만 덩그러니 남아 있는 에즈 절벽 위에서 강한 해풍에 다시 휘청이고 나니, 그제야 번쩍 정신이 든다. 어차피 주차장에서 모두 만나겠지만, 늦어지면 일행에게 민폐를 끼치게 되니 오를 때와 달리 마음이 급해진다. 길 잃은 사람처럼 헤매지 않으려면, 서둘러야 한다. 라갤러리에 들려 에즈 마을 풍경 그림 한 점 골라 구입하고, 달리기 선수 마냥 뛰어 내려간 이야기는 지금 다시 생각해도 숨이 차오른다.

에즈 마을(Eze ville) 풍경화 한 점 고르며

라갤러리에서 남 프랑스 여류 화가 베티 위트의 에즈 마을 풍경화로 가로세로 30cm 사이즈를 한 점 구입했다. 거실에 걸어두기엔 참 아담한 사이즈다. 180유로, 당시 우리 돈으로 23만 원이 좀 넘었다. 이 그림을 구입하고 다른 지출을 살짝 줄여야 했지만, 벽에 걸어둔 에즈 마을과 지중해를 수시로 바라보며 추억하는 것만으로도 그 가치가 충분하다.

작품 왼쪽으론 에즈 마을 종탑과 성당이 보인다. 가운데 우뚝 솟은 독수리 둥지와 에즈 식물원도 선명하게 드러나 있다. 지중해는 푸른색과 흰색 그러

데이션으로 표현했다. 한동안 거실에 걸려있던 이 그림은 안양으로 이사 오면서 복층 테이블 위로 옮겨졌다. 그림을 마주하며, 커피 한잔 마실 때마다 당시 추억이 소록소록 가랑비처럼 내린다.

에즈(에제) 마을, 라갤러리(LAGALERY) 현장 스케치

아름다운 추억 속에 담아두고 싶은 그림이니, 밝고 편안한 느낌이 드는 작품을 위주로 살피며 골랐다. 라갤러리 그림들은 이런 내 마음과 분위기에 딱 맞는다. 그림을 구입할 때 얼마간 가격을 흥정할 수 있다. 누군가 이곳에 들

리면 그냥 구입하지 마시고, 할인을 요구해도 좋다. 아마, 에즈 마을 다른 갤러리도 가능하지 않을까?

위, 알록달록 밝은 색감이 긍정의 에너지를 뿜어내는 라갤러리 / 사진 아래, 샤갈과 마티스 세트

그림을 감상하며 고를 때는 일행과 모이기로 한 시간이 다 되어가는 줄도 잠시 잊었다. 독수리 둥지를 향해 올라갈 땐, 돌아가면서 여유롭게 골목길 투어를 제대로 즐기며 사진을 많이 찍자고 레드루와 약속했다. 그러나 내려갈 때는 시간이 더 촉박하니 아름답고 고풍스러운 에즈 마을 사진을 몇 장 남기

지 못한다. 정신 하나도 없이 뛰어 내려가, 주차장에 도착했다. 그래도 딱 징시에 이르러 꼴찌 체면을 다 구기진 않았지만, 머리까지 어질어질하더라.

에즈 마을을 즐겨 그린 '베티 위트'와 에즈 빌리지 다른 풍경 작품 2점

이제는 레드루가 친정에 오면, 함께 복층에 앉아 여유롭게 에즈 마을 풍경을 감상한다. 마주 보고 웃으며, "그 바쁜 와중에 그래도 저 그림 사길 잘했어!"라고 이중창을 부른다.

생폴 드 방스 중세 마을에서 라베라와 샤갈을 만난다

16세기 중세 건축물들이 들어찬 그랑 거리는 갤러리 천국

생폴 드 방스(Saint-Paul-de-Vence)는 프랑스 남부 알프마리팀 주에 자리한 코뮌(Communes, 프랑스 최소 행정구)으로 니스에서 20km 떨어져 있다. 프랑수아 1세 때 지어진 요새로 둘러싸여 있는 산꼭대기 마을이다. 코트다쥐르 중세 마을 중 하나로 16세기 건축물들이 골목 샛길을 가득 채우고 있다. 이곳은 '유럽에서 가장 아름다운 마을'로 선정된 곳이기도 하다. 특히, 화가 자크 라베라, 그웬 라베라, 마크 샤갈 등이 거주했던 곳으로도 유명하다.

인상주의 화가 샤갈의 '파란 풍경 속 부부'(Le couple dans le paysage bleu) 작품이 마을 어귀에서 우릴 맞는다.

고풍스러운 그랑 거리(Rue Grand) 중세 샛길 투어

커다란 '사이프러스' 나무 한 그루가 서 있는 중턱에서부터 본격적인 16세기 중세 마을이다. 중세 요새답게 바닥과 벽이 모두 단단한 돌로 지어져, 유구한 역사가 그대로 느껴진다.

중세가 고스란히 드러나는 벽과 돌길, 포와 포로(砲樓)

콜롱브 도르, 중세 마을 빨래터와 우물

'황금 비둘기'란 뜻의 이름을 가진 콜롱브 도르는 1920년경 지어진 이층

건축물로 아름다운 야외 테라스를 갖춘 댄스홀과 카페였다. 지금은 호텔과 레스토랑으로 영업 중이다.

콜롱브 도르 호텔 아래 고풍스러운 우물이 있고, 그 뒤로 옛 빨래터도 보인다. 코트다쥐르 지방을 찾았던 가난한 예술가들이 숙박비 대신(혹은 우정으로) 지불하고 간 그림과 조각들이 지금도 전시되어 있다. 화가 피카소, 샹송으로 사랑받던 시인 자크 프레베르, 배우 이브 몽탕 등 저명인사들이 장기간 머물렀던 곳으로 유명하다. 이브 몽탕은 이곳에서 시뇨레와 사랑에 빠졌고, 결혼식을 올렸다. 낭만과 상상이 한데 어우러져, 이곳을 보고 듣고 걷는 현대인들도 야릇하고 심쿵한 감성에 젖는다.

콜롱브 도르 아래 중세 빨래터와 우물 / 그랑거리 중세 샛길

생폴 드 방스 골목길 투어 중

화창한 지중해 햇살이 중세 골목길 사이사이로 어찌나 찬란하게 내리쬐던지 눈이 부시다. 걷는 것이 이렇게 행복하다니! 16세기에도 이렇게 빛나는 햇살이 내렸겠지! 골목길 돌바닥조차 해와 달과 심지어 별까지 닮은 모자이

크 문양들로 반짝인다. 문득, 해 저물고 달빛도 별빛도 없던 칠흑 같던 16세기 밤은 어떤 암흑세상이었을지 궁금하다. 18세기 여명이 동트기 전 인공조명도 등장하기 이전, 평민들의 삶이 고통스럽던 그 먼 시간까지 우리 마음이 아득하게 닿는다. 지금 이토록 아름답기만 한 이곳 사람들의 삶도 당시엔 어둠 속을 헤매고 있었겠지. 인류 역사상 가장 어둡던 중세였으니! 아직 시민이 인간으로 존중 받기 전 먼 옛날이다.

21세기에도 인간다운 최소한의 삶조차 누리지 못하는 사람들 이야기가 매일 뉴스에 오른다. 2019년 당시 아프가니스탄의 힘든 상황이 내전으로 치닫게 될 것을 두려워하는 사람들 이야기가 자주 오르내리던 때였다. 탈레반 공포정치로 핍박받는 사람들, 특히 여성들의 고통스러운 삶은 더 생생하게 전해진다. 정말 우리가 같은 시대를 살고 있는 걸까? 아프간에서는 중세보다 더 짙은 암흑의 역사를 거꾸로 써가고 있는 것 같다. 이날, 주주와 레드루는 어두웠던 중세시대로 시계가 거꾸로 돌아가고 있는 지구 저편에 사는 사람들 생각일랑 잠시 내려놓고, 이 고풍스러운 중세 골목길을 산책 중이었다.

2019년 3월 8일, 우리 모녀는 행복한 생폴 드 방스 여행자다. 멋진 옛거리를 당당하게 걷고, 아낌없이 즐긴다. 눈부시도록 아름다운 기억만 꾹꾹 눌러 담는다. 생폴 드 방스는 환경과 풍경이 모두 예술품이다. 사람들은 걷기만 해도 예술가가 되고, 멈춰서면 모델 포스를 풍긴다. 폰 카메라만 눌러도 작품사진이 되고, 붓을 들면 명화가 탄생한다. 리베라와 샤갈도 이곳에 정착한 후, 수많은 명작을 남기지 않았던가!

길가에 내걸린 복제품 명화 세트 4점으로 눈길이 멎는다. 구스타프 클림

트 '키스', 빈센트 반 고흐 '별이 빛나는 밤', 모네 '개양귀비 꽃', 반 고흐 '아를의 침실'까지 자주 보고 듣던 명화들이다. 1점에 4유로, 4점 구입하면 12유로라니, 사고 싶어서 잠시 마음이 흔들렸다.

생폴 드 방스를 그대로 축소해 놓은 섬세한 핸드메이드 소품들에는 각 피스별로 가격이 붙어있다. 원하는 조각들을 모아 스스로 생폴 드 방스를 재현해 볼 수 있다. 사람 손으로 직접 페인팅해서 작아도 제법 비싸다. 건물 한 채마다 25~30 유로, 손톱만큼 작은 인형 한 개당 15~29 유로다. 우리 돈으로 개당 2만 원~4만 원 정도이니, 아기자기 그럴듯하게 꾸미려면 만만치 않는 금액이 든다. 레드루는 건물 한 채와 분수대, 춤추는 커플 총 3피스를 구입한다. 젊은 딸에겐 꽤 낭만적인 지출이다. 나도 딸과 함께 중세 건물 몇 채를 쥐었

다 폈다 하며 아이쇼핑에 흠뻑 빠진 즐거운 시간이었다.

그랑 거리에는 70여개의 갤러리가 운영 중이다. 골목길을 걷다 보면 두 집 건너 한 집이 갤러리라 해도 과장이 아니다. 상점들도 갤러리 같은 품격과 멋을 드러낸다. 진열된 핸드 메이드 제품에서는 장인의 손길이 느껴진다.

사진 위, 그랑 거리는 기념품 상점들도 갤러리 느낌 / 사진 아래, 기념품점 주인장은 요 삽살개!

중세 아치형 문에 진열된 현대적인 조각품들 / 갤러리 느낌의 기념품점

아기자기 알록달록 앙증맞은 소품들, 다 사고 싶지만 기억속 추억으로 갖는다.

라 샹프로 오 콩피 티르(La Chambre Aux Confitures), 수제 잼 전문점

수제 잼은 가까운 이들에게 선물하기 좋다. 허리에 차고 있던 힙 색에서 카드를 꺼낸다. 라 샹프로 오 콩피 티르는 프랑스에서 각광받는 수제 잼 전문점이다. 스토베리, 라즈베리, 오렌지 등 우리에게 친숙한 재료는 물론 장미, 루바브, 바닐라 등 이국 재료로 만든 잼들도 다양하게 구비되어 있다. 시식해 보고 구입할 수 있다. 이곳 수제 잼은 샹젤리제 거리 작은 공방에서 시작, 4대째 이어 내려오는 비법으로 프랑스인들 입맛을 사로잡고 있다.

우리가 구입한 수제 잼 세트

생폴 드 방스 유대인 공동묘지, 샤갈 부부가 잠든 곳

이곳은 평소 생각하던, 조금 우울해 보이던 묘지와 전혀 다른 느낌이다. 샤갈은 살아생전, “나를 지중해 해안으로 인도해 준 운명에 감사한다.”라고 했을 정도로, 생폴 드 방스를 사랑했다고 전해진다. 그는 20여 년간 이곳에서 살며 '바바'와 행복한 노년을 보냈다. 생폴 드 방스 마을 어귀에 세워져 있던 그림 '파란 풍경 속 부부' 의 주인공은 두 번째 아내 바바이다. 샤갈과 바바

의 묘지 위로 내리는 지중해 햇살이 눈부시다. 죽어서도 이런 풍경과 밝음을 누릴 수 있다니, 이곳이 천국인 것만 같다.

샤갈은 1944년 9월 사랑하던 아내 '벨라'를 감염병으로 먼저 떠나보냈다. 그는 벨라를 잃고 한동안 힘든 시간을 보낸다. 1952년 샤갈은 유대인 여성 발렌티나 바바와 재혼, 벨라가 죽은 지 8년 만에야 다시 활력을 찾게 된다.

생폴 드 방스는 살아서도 죽어서도 천국이다. 많은 예술가들이 영감을 받기 마땅한 곳이고, 나 같은 사람에게도 저절로 예술적 영감이 찾아들 것만 같이 행복해지는 곳이다. 생폴 드 방스에서 보이는 세상은 참으로 평화롭고 아름다워, 생각은 비워지고 영혼이 맑아진다.

우리를 태운 전세 버스가 생폴 드 방스 마을 어귀를 돌아 나온다.

생폴 드 방스에서 살았던 3명의 화가와 조우하기

자크 피에르 라베라(Jacques Pierre Raverat)

자크(자끄) 라베라는 1885년 프랑스에서 출생, 어려서 영국으로 이주했다. 1898년 영국 베다일 학교로 전학한다. 졸업 후, 캠브리지 엠마누엘 대학에서 수학을 전공했으나, 대학 생활 중 유명한 생물학자인 찰스 다윈의 손녀 그웬 다윈(Gwen Darwin)을 만나면서 그녀를 따라 그림을 그리기 시작한다.

당시 그는 허약한 젊은 학생 화가였다. 1908년 너무 자주 피곤을 느껴 대학생활을 계속할 수 없게 된다. 라베라는 다발성 경화증 발병으로 처음엔 경미한 재발 완화 형태였으나, 1914년 이후부터 점차 증상이 악화된다.

1911년 그웬 다윈과 결혼했고, 1914년 다발성 경화증이란 확진을 받는다. 1915년이 되자 자끄의 걸음 상태는 아주 심각하게 퇴행한다. 1920년 자끄와 그웬 부부는 남 프랑스 생폴 드 방스로 이사하지만, 자끄 라베라 건강은 더욱 악화하여 바퀴 의자를 사용하게 된다. 운동성이 감퇴하면서, 앙드레 지드(Andre' Gide) 병원에 입원한 그는 그림 그리기에 열중한다.

자끄 라베라는 친구였던 버지니아 울프에게 "나는 세상에서 거의 모든 기쁨을 상실하였기에 사는 것이 아니다. 그러나 나는 아직도 지독하게 통증을 느낄 수가 있기 때문에 죽은 것도 아니다. 제발 이 고통이 반복되지 않기를!" 이라고 자신의 안타까운 상황을 전하기도 했다.

1925년 3월 6일, 자끄 라베라의 고통은 끝이 나고, 병마와 싸운 40세의 짧고도 긴 생을 마감한다. 이들 부부는 Bloomsbury Group과 Rupert Brooke인 Neo-Pagan 그룹에서 활동하며, 이곳 남 프랑스 생폴드 방스로 왔다.

Figure 3.Jacques, dying drawn with pencil by Gwen Raverat, 1925 / Gwen Raverat, The Runway의 삽화 '가출의 일러스트'

https://artsandculture.google.com/entity/m03g74n?hl=ko **자크 라베라 - Google Arts & Culture**

그웬 메리 다윈(Gwen Mary Darwin)

그웬 돌린 메리 다윈은 1885년 캠브리지에서 태어났다. 그녀는 천문학자인 George Howard Darwin과 Maud Darwin의 딸이다. 그웬 다윈은 자연주의자인 찰스 다윈의 손녀이자 시인 프랜시스 콘 포드의 사촌이기도 하다.

그녀는 1911 년 프랑스 화가 자끄 라베라와 결혼했다. 그웬 라베라는 현대적인 최초의 나무 조각가 중 한 명이다. 자끄 라베라와 결혼 기간은 그가 사망하기까지 14년(1911-1925) 동안이다. 1925년 남편 자끄 라베라가 다발성

경화증으로 사망할 때까지 두 사람은 생폴 드 방스에서 살았다. 홀로 남겨진 그녀는 영국 케임브리지로 돌아가 작품 활동을 하며 살다가, 1957년 2월 11일(71세) 남편 자끄 곁으로 갔다.

마르크 샤갈(Marc Chagall)

마르크(마크) 샤갈(1887~ 1985년)은 러시아 제국(현 벨라루스)에서 태어난 프랑스 화가로 '색채의 마술사'로 불린다. 보날리아니, 르누아르, 마티스, 피카소 등 많은 화가들이 이곳에서 작품 활동을 했지만, 샤갈이야말로 생폴 드 방스의 대표적 화가로 손꼽힌다. 대표작인 '푸른 배경 속의 커플' 작품에도 생폴 드 방스 고성의 아름다운 윤곽이 그대로 들어난다.

샤갈은 판화에도 뛰어난 재능을 보여, 성서를 소재로 한 걸작 동판화를 남겼다. 그의 작품은 러시아계 유대인 혈통에서 흐르는 대지의 소박한 시정을 담아 동화적이고 자유로우며 환상적이다. 농부·산양·닭과 같은 소재를 작품 속에 많이 담았다. 샤갈의 그림은 밝고 온화하다. 편하게 감상할 수 있으니 기분이 좋아진다. 그래서 많은 사람들이 그의 작품을 사랑하나 보다. 샤갈은 "인생에서 삶과 예술에 의미를 주는 단 한 가지 색은 바로 사랑의 색이다."라고 했다.

그는 22살 때, 벨라 로젠펠트를 만나 첫눈에 반하고, 세계 1차 대전 전운으로 혼란스러운 시기인 28살, 벨라와 백년가약을 맺는다. 벨라는 그의 작품에 가장 많이 등장하는 연인이기도 하다. 샤갈도 전쟁의 암울한 시기를 피해 갈 순 없었지만, 사랑의 힘이었는지 그의 작품은 한결같이 '사랑의 색'을 잃지 않았다. 샤갈이 57세 되던 해, 벨라는 병으로 세상을 뜨고, 그는 한동안 붓도 들지 못할 정도로 상심이 컸다.

사진출처: 아트인사이드(2017.06.22 기사) 샤갈의 '나와 마을' / 샤갈의 '생일'

사진출처: 나무위키, 샤갈과 벨라 부부 / 사진출처: 위키백과, 노년의 샤갈과 바바 부부

샤갈이 60세 되던 해, 그의 딸은 아버지에게 유대 계 러시아인 바바를 소개한다. 두 사람은 민족적 정서와 종교를 공유하면서 서로 통하는 사이가 되고, 바바는 그의 두 번째 부인이 된다. 샤갈은 다시 얻게 된 '사랑의 색'으로 생폴 드 방스의 아름다운 풍경을 화폭에 담았다. 그는 살아서도 명성을 얻었던 행복한 화가이며 98세로 세상을 떠났다.

칸 해변과 라 크루아제트 명품 거리를 걷다

매년 5월마다 칸 영화제가 열리는 곳

팔레 드 페스티벌(Palais des Festivals)

이른 아침부터 니스에서 에즈(에제)로 갔다가 생폴 드 방스에 들려, 오후에 칸에 도착한다. 칸은 지중해에 접한 코트다쥐르에서 생폴 드 방스와 니스로 이어지는 휴양지이다. 니스 남서쪽 약 30km 떨어진 곳으로, 중세부터 19세기 말까지 농업과 수산업이 중심인 곳이었다. 1834년부터 국내외 귀족들이 별장을 세우면서 고급 리조트로 변해왔다.

칸은 프랑스에서 두 번째 중요한 비즈니스 도시이며, 이전 방문했던 중세 유럽 마을들과 전혀 다른 현대적 분위기다. 팔레 드 페스티벌은 크루아제드 거리 서쪽 끝에 있다. 세계 4대 영화제 중 하나인 칸 영화제가 개최된다. 평소에는 칸느시가 운영하는 카지노와 영화관, 관광 안내소 등으로 이용되는 곳이다. 세계적인 유명 배우들의 핸드 프린팅 동판 거리도 있다.

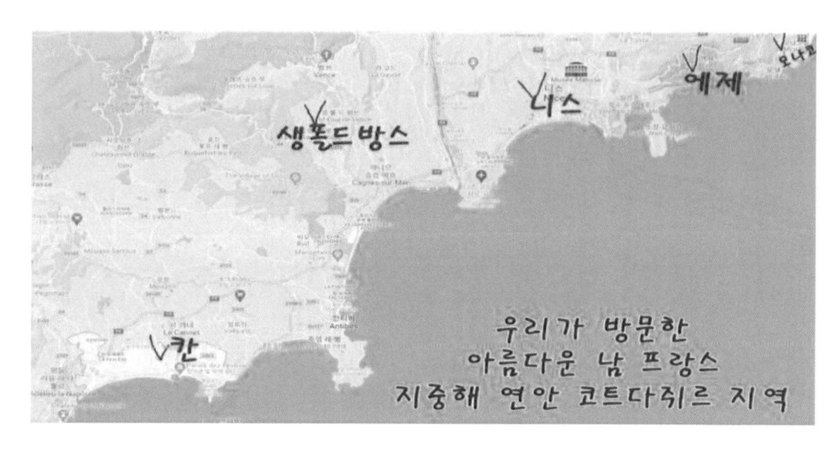

별들의 길에 있는 '에토르 스콜라', '실베스터 스탤론', '랑베르 윌슨' 손도장

별들의 길(Le Chemin des Etoiles)에서 스타들의 손도장을 만난다. 에토레

스콜라(Ettore Scola)는 이탈리아 영화감독이자 시나리오 작가로 우리에겐 조금 생소하다. 미국 배우이자 영화감독인 실베스터 스텔론(1946. 07~) 별명은 슬라이(Sly) 혹은 이탈리아 야생마(Italian Stallion), 록키와 람보 시리즈 주인공이다. 랑베르 윌슨(1958. 08~)은 프랑스 중견배우로 1983년 '사하라'에서 브룩 실즈와 함께 주연을 맡았다.

크루아제트 이면 도로 / 점심식사를 즐긴 중식 집

칸 해변은 점심 식사 후 각자 돌아보기로 하고, 크루아제트 대로 이면 거리에 있는 중식 집으로 향한다. 아침 식사를 간단하게 마치고 일찍 움직이다 보니, 좀 늦어지는 점심 식사는 웬만하면 다 맛있다. '시장이 반찬'이라지 않던가!

Galerie Neel Chourlet (갤러리 닐 설릿) 쇼윈도 - 크루아제트 이면 거리 산책

라 크루아제트 (La Croisette)

라 크루아제트는 바닷가를 마주하며 길게 뻗은 해변 산책로다. 크루아제트 대로에는 최고급 호텔과 레스토랑, 명품 부티크 등 백만장자들을 위해 만들어진 고급 매장들이 즐비하다. 우리 같은 평범한 관광객은 구경만 하며 걷기도 부담스러울 수 있지만, 로마에 가면 로마인처럼, 칸에 왔으니 칸 멋쟁이가 되어 멋지게 걸어본다. 짧은 여행기간이었지만, 님 프랑스인들 패션 감각이 이탈리아 인들보다 좀 더 밝아 보이는 느낌이 들기도 한다.

크루아제트 대로 따라 명품 부띠크 들이 줄지어 있다.

세계적인 스타들이 몰려드는 도시답게 화려한 이 곳 명품거리는 칸의 자랑이기도 하다. 내로라하는 세계 브랜드들이 다 모여 있으니, 눈만 호강하며 즐긴다. 일반 광관객들은 대부분 아이 쇼핑을 하면서 여유로운 걸음으로 크루아제트 대로를 돌아본다. 주주와 레드루는 팔레 드 페스티벌에서 동쪽을 향해 걸었다. 칸에서 가장 화려한 곳이다. 서쪽 구시가는 소박하고 평범한 서민들 주거지다.

칸 해변공원, 크루아제트 가로수길

해변공원과 해변을 따로 구분 지을 필요는 없다. 그냥 들고 나면서 즐기면 된다. 우리는 팔레 드 페스티벌 앞에서 해변공원으로 들어서기도 했다. 해변공원의 같은 장소를 2~3 번 지나치며 들고 나다 보니 폰 카메라에 사진 담긴 순서가 좀 애매하다.

칸 해변을 따라 조성된 가로수 길은 크루아제트 대로와 나란히 마주 하며 동서로 2km 이어진다. 모래사장을 따라 조성된 해변공원 앞으로 탁 트인 지중해가 펼쳐진다. 우리는 니스에서 한 낮 해변을 즐기지 못했으니, 칸에서 지중해 해변을 짧고 강렬하게 즐긴다.

해변 공원 분수대 뒤로 보이는 오락실과 가판대

칸 해변에서 지중해를 품고

어쩜 하늘이 이토록 파랄까! 구름 한 점 없다. 구름조차 열정적인 해풍에 날려 하늘로 바다로 모두 빨려 든 것 같다. 지중해 햇살은 또 어찌나 사랑스럽게 빛나던지! 해풍은 우릴 흔들며 환영하고, 태양은 우릴 따사롭게 껴안고 격하게 반긴다. 이 풍경 낯설지 않다. 지중해 물결도 먼 길 돌아가면, 동해 질

푸른 바다와 우연처럼 만나겠지! 오늘 이 눈부신 햇살도 경포대 앞바다 그 태양일 것이다. 우리는 멀리 또 가까이 서로 이어져 있다. 살아가는 이야기까지도. 해풍과 파도가 우리를 어찌나 격하게 환영하던지! 지중해 거센 바람은 우리를 자기 품에 안고 이리저리 흔들어 댄다. 쓰러질 듯 비틀거리기도 했지만, 이런 환호성은 우리도 대환영!

칸은 남 프랑스 코트다쥐르 여행의 마지막 도시다. 명품거리와 지중해 해변 말고 특별한 역사적 이야기를 담은 유적지는 없다. 칸 영화제 기간에 들려 영화라도 몇 편 골라보며 며칠간 푹 쉬어갈 수 있다면 정말 멋진 곳이다. 그러나 우리 같은 단기 여행자는 없는 시간 쪼개가면서 굳이 들릴 필요는 없

을 것 같다. 남 프랑스까지 와서 칸을 방문하지 않고 가면 섭섭하겠지만. 세계적으로 유명한 칸 해변이 강릉 경포대 해변보다 더 멋있거나 아름답진 않다. 내겐 다 특별하고 각기 귀한 장소지만. 잠시 명품거리에서 현지인처럼 위풍당당 걸어봤지만, 쇼윈도 명품들은 그냥 그림의 떡, 화중지병(畵中之餠)이더라! 물론 그래서 더 기억에 남을 칸의 추억도 소중하다.

https://www.cannes.com/fr/culture/musees-et-expositions.html **칸을 발견하기 DISCOVER CANNES**

칸의 여정은 분주했으나, 오늘(3월 8일)은 조금 일찍 숙소가 있는 니스로 돌아왔다. 숙소로 돌아와 제일 먼저 한 일은 니스 해변 쪽, 달팽이 요리 전문점을 호텔 매니저에게 묻고, 추천 받은 것이다. 그녀는 자세한 위치 설명과 주소, 그리고 만약을 위한 배려로 우리가 묵고 있는 숙소 명함까지 건네준다.

오늘 밤 단체 저녁식사 불참을 가이드에게 미리 알렸으니, 주주와 레드루만의 만찬을 즐길 예정이다. 남 프랑스까지 왔는데, '식용 달팽이와 개구리 요리'는 먹어보고 돌아가야 할 것 같다. 매니저가 알려준 주소를 구글 지도에 입력하고 찾아 가니, 그녀의 친절도 함께 따라 오는 듯하다.

Days Inn
BASK IN THE SUN

Days Inn Nice Centre

4 - 6 rue Miron
06000 Nice
daysinn-nice@parfires.fr
Tél. : +33 (0)4 93 62 10 65

'에스카르고'와 '그르니 이'로 즐긴 니스에서의 만찬

니스의 마지막 밤, 숙소에서 해변까지 걸어서 누린 자유

오늘 밤, 니스에 남긴 흔적과 추억은 온전한 자유여행!

숙소 출발 -> 마세나 광장 -> 레스토랑 Le Frog -> 오페라 하우스 -> 프롬나드 데 장글래(Promenade des Anglais) -> 노들 담 드 니스 성당 -> 숙소 Days Inn Nice Centre 도착

마세나 광장 (promenade du paillon)

마세나 광장에 있는 앙드레 마세나(Andre Massena, 1758년 5월 ~ 1817년 4월) 장군은 나폴레옹 보나파르트 장군과 함께 이탈리아 원정에서 여러 전투를 이끈 군인이다. 밤에 지나치는 마세나 광장과 마세나 동상은 또 다른 느낌이 든다. 낮과 달리 차분하고 운치가 있다. 우리는 마세나 광장을 나서서 계속 해변 쪽으로 걷는다.

앙드레 마세나 동상 / 계속 니스 해변 쪽으로 걷고 있다.

레스토랑 르프로그(Le Frog)

르프로그는 프롬나드 데 장글래(영국인의 산책로) 해변과 마주한 이면 도로에 있는 '에스카르고'(식용 달팽이 요리)와 '그르니 이'(식용 개구리 뒷다리 튀김 요리) 전문점이다.

입구에 추천 메뉴와 트립어드바이저 인증서도 붙어 있다.

르프로그에 들어서기 전, 미리 메뉴를 살펴보면 좋다. 달팽이 요리는 프랑스 대표 음식이다. 개구리 뒷다리 요리는 상상만으론 그다지 썩 끌리진 않는다. 안으로 들어서니, 외국인들로 가득하다. '아, 우리도 외국인이지!' 니스가 유명한 휴양지다 보니, 현지인보단 관광객들인 것 같다. 주주와 레드루만 동양인이고 모두 서양인인 것은 확실해 보인다.

작은 칠판에는 '오늘의 메뉴'가 쓰여 있고, '르프로그' 상징인 청개구리가 무념무상의 자세로 명상에 잠겨있다. 메뉴란 왼쪽 위에 있는 르프로그 대표 코스 메뉴(31유로/1인) 2인분을 주문한다. 에스카르고(달팽이 요리)는 애피타이저이고, 그르니 이(개구리 뒷다리 튀김 요리)가 메인이다.

미소를 머금은 채 주문을 받는 웨이터는 상냥하고 친절하다. 이탈리아에서 만났던 이들보다 더 친절한 듯. '아차, 그곳에서는 단체 식만 먹었지.' 프랑스인이 거만하고 불친절하단 말은 낭설일지도 모르겠다.

한쪽 벽은 개구리들의 안식처인 푸른 수풀처럼 장식 / 르프로그 실내

에스카르고(에스까르고, 식용 달팽이 요리)

달팽이용 포크와 집게가 따로 놓인다. 달팽이를 집게로 잡고, 포크로 가운데 살을 잡아 빼면 된다. 처음에는 말처럼 쉽게 요 쫄깃한 달팽이 살이 쏙 나와 주질 않아 애를 먹는다. 동글동글 딱딱한 달팽이를 집게로 집기도 쉽지 않다. 달팽이 살의 쫄깃함과 버터의 고소함이 심심하면서도 짭조름한 초록 소

스와 잘 어우러진다. 골뱅이와 비슷한 식감이다.

전채 요리(앙트레) 에스카르고(Escargot)는 찜, 조림, 스튜, 튀김 등 조리법이 다양하다. 제일 유명한 건 우리가 먹고 있는 부르고뉴 식으로 버터와 다진 마늘, 파슬리, 후추를 넣어 만든다. 이 조리법은 19세기 '앙토냉 카렘'이라는 셰프가 만들어, 그 후 대중에게 큰 인기를 얻은 음식이 됐다.

프랑스에서는 식용 달팽이를 포도밭에서 길러내 식탁 위에 올린다. 와인의 나라 프랑스에는 포도밭이 전국 곳곳에 퍼져 있다. 식용 달팽이는 포도나무 잎을 좋아하니, 이곳은 달팽이 키우기 좋은 환경이다. 포도로는 포도주를 담그고, 포도나무 잎을 좋아하는 식용 달팽이는 포도밭이 있는 곳에서 쉽게 양식할 수 있으니, 일거양득이다.

전처리 과정을 거친 식용 달팽이가 이렇게 식탁에 다소곳이 올라와, 우리 호기심과 식욕을 자극시킨다. 달팽이 식감은 한국에서 즐겨 먹는 골뱅이나 소라의 쫄깃함과 비슷하다. 나라마다 특별한 소스와 어우러지니, 감칠맛이라 해도 각기 다르다. 에스카르고는 파슬리가 들어간 초록색 소스가 어울려 맛있다면, 우리가 즐겨먹는 골뱅이는 새콤달콤한 빨간 고추장 소스가 환상적으로 어울린다. 전혀 다른 소스지만, 쫄깃한 식감 때문에 달팽이 맛이 골뱅이 맛과 비슷하게 느껴진다. 프랑스인들은 달팽이 자체 맛을 음미하기보단, 마늘 버터 초록 소스를 더 좋아한다. 우리가 초고추장 맛을 좋아하는 것처럼. 니스까지 와서 에스카르고를 못 먹고 간다면 많이 아쉬울 뻔했다.

그르니 이(식용 개구리 뒷다리 튀김)

중세 가난한 프랑스 농부들은 집단으로 서식하며 느리게 움직이는 개구리를 잡아 요리로 만들어 먹기 시작했다. 개구리는 잡기도 쉬웠지만 서민들에겐 맛과 영양도 뛰어난 식재료였다. 프랑스인들에겐 오랜 역사를 가진 음식이지만 우리에겐 '개구리 뒷다리'를 연상시키는 불편함이 있다. 그르니 이가 테이블에 오르기 전에는 '과연, 우리가 개구리를 먹을 수 있을까?' 살짝 걱정도 했지만, 괜한 기우에 불과했다. 딱 보기에도 상상했던 것처럼 이상하지 않다. 푸짐하고 먹음직스럽다. 프랑스 여행 시, 추천 요리로 꼽고 싶다.

야채샐러드와 함께 등장한 그르니 이

개구리 다리 살을 포크로 쿡 찍어서 살며시 맛보니, 우리나라 치킨 튀김처럼 부드럽고 담백하다. 퍽퍽한 맛은 오히려 더 적어서 좋았다. 딸과 이중창으로 "먹을 만해! 오~ 맛있네!"를 되풀이했다.

우리가 식사를 하면서도 연신 실내와 음식 사진을 찍어대니, 웨이터가 명함을 갖다 주면서 불어로 뭐라 뭐라 말한다. 우린 그냥 고개를 끄덕이며 웃었다. 레드루는 'Go upload, bon!'만 알아들었다는데, 우리가 'OK, OK!' 하며 웃으면, 웨이터도 함께 활짝 웃는다.

지금은 초코 푸딩처럼 달콤한 인생을 마음껏 음미하며 즐길 뿐이다. 오늘 밤엔 르프로그에서 특별한 만찬을 즐기며 행복한 시간을 보낸다.

르프로그 내실 / 디저트로 나온 달달한 초코 푸딩

친절한 웨이터에게 5유로를 팁으로 함께 결제하도록 했다. 프랑스인 웨이터는 상냥하게 웃으며, 무릎을 완전히 구부리고 우리보다 낮게 앉아 단말기에 카드를 꼽는다. 미소도 행동도 친절하고 밝다. 맛있는 저녁식사를 즐겼으니 속도 든든하고 기분도 좋다. 이제 니스 밤바다 해변에서 프롬나드 데 장글래 산책을 즐겨야겠다.

니스 오페라 극장 (Opera de Nice)

니스 오페라 하우스는 1885년 귀스타브 에펠의 제자 중 한 명인 프랑수아 오네(Francois Aune)가 설계한 우아한 건축물이다. 이곳은 1881년 가스 폭발로 불에 탄 오래된 목조 극장의 부지 위에 새로 세워졌다. 니스 구시가지 유명한 꽃 시장 Cours Saleya과도 그리 멀지 않다.

프롬나드 데 장글래(Promenade des Anglais)와 니스 해변

니스 해변과 '영국인 산책로'가 어둠에 덮여 있다. 밤마다 도로를 따라 조명이 켜지고, 바다는 어둠 속으로 사라지듯 스며들어 검은 실루엣만을 남긴다. 화면 전체가 흐릿하지만, 까맣게 빛나는 해변 풍경이 인상적이다. 현지 주민들은 프롬나드 데 장글레를 간단하게 '프롬나드'라고 부르거나 더 짧게 '라 프롱'(La Prom)이라 부른다. 휴일이면 자전거, 유모차를 끌고 나온 가족들이 산책로를 따라 긴 행렬을 이룬다. 스케이트보드와 인라인 스케이트를 즐기는 젊은이들이 좋아하는 장소이기도 하다.

프롬나드 데 장글레 해변에는 푸른 의자(chaises bleues)가 길게 놓여 있다. 여유로운 사람들은 지중해를 따라 걸으며 낭만적인 시간을 보내거나, 이 푸른 의자에 앉아 앙제 만의 짙은 물빛을 바라보며 사색에 잠기기도 한다.

프롬나드 데 장글래 해변 길 / 잉제 만이 바라보이는 푸른 의자

니스 해변 근처 밤거리 풍경

2016년 7월 14일, 이 평화로운 곳에서 테러가 발생했다니, 믿기지 않는다. 당시 바스티유 날을 맞아, 축제에 참가했던 많은 사람들이 희생됐다. 아름다운 프롬나드 데 장글레에서 혁명 기념일을 축하하던 군중을 향해 19톤 화물

트럭이 돌진, 86명이 사망하고 4,588명이 부상을 입은 사건이다. 총격전 끝에 트럭 운전기사는 사살됐다.

전날, 낮에 보았던 '패션계 거장' 디자이너 칼 라거펠트 풍선 마네킹도 밤엔 흐트러진 모습이다. 세 양반은 숙면 중인지 쇼윈도를 외면한 채, 삐딱하게 기대있다. 이젠, 우리 모두가 쉬어야 할 시간이다.

니스 빌(Nice Ville) 기차역

Thiers 길에 있는 니스 빌 기차역은 해변까지 도보로 25~30분 거리로 우리 숙소에서도 멀지 않다. 프롬나드 데 장글래와 Jean Medecin(메데신 시장)까지도 딱 걷기 좋은 거리다. 99번 버스를 타면, 니스 빌 기차역에서 니스 코트 다쥐르 공항까지 쉽게 이동할 수 있다.

니스 역(Gare de Nice Ville)은 전날 버스를 타고 숙소로 향하면서 스쳐 지나갔다. 지금은 먼발치서 위치만 확인하고 지나친다. 오후 10시를 훌쩍 넘은 시간, 해변에서 멀어질수록 숙소가 가까워질수록 주위가 너무 조용하다. 우리 발자국 소리에 우리가 놀랄 정도다. 유명 관광지를 제외하면, 거리에서 사람조차 보기 힘들다. 우리나라에선 이 시간이면 길거리가 한낮처럼 붐비곤 했는데. 아, 이도 물론 2019년 이야기다. 지금은 코로나19와 변이 바이러스 전파, 오미크론 확산 우려로 서울 거리도 예전 같진 않다.

노들 담 드 니스 성당(Notre-Dame de Nice)

우리 숙소 가까이 아름다운 노들 담 드 니스 성당이 있다. 나는 잠시 니스 역으로 착각했다. 기차역이라 하기엔 너무 아름답고 운치 있지 않나! 도심의 낮과 밤 풍경은 화려한 조명으로 무척 다르게 느껴진다. 조명은 화려해도 해변과 멀어진 니스 도심은 너무 한적해서 오히려 긴장된다. 밤이 낮보다 더 붐비는 서울에서 살다 온 우리에겐 참 생소한 풍경이다.

보건 자치국

우리 숙소까지 가까이 다 와서, 깔끔한 건물이 눈에 들어온다. 보건 자치국(Direction De La Sante Et De L'autonomie)이라고 쓰여 있다. 잘은 모르겠지만 회사 사무실들도 함께 들어 서 있는 듯하다.

숙소 Days Inn Nice Centre에 도착

숙소 라운지도 무척 조용하다. 안내 데스크에도 다른 직원이 교대 근무를 하고 있다. 주주와 레드루는 고풍스러운 수동 엘리베이터를 타고, 우리 방으로 향한다. 기분이 좋으니, 피곤한지도 모르겠다. 어젯밤 초저녁부터 곯아떨어졌던 우리 모습은 어디로 간 거지?

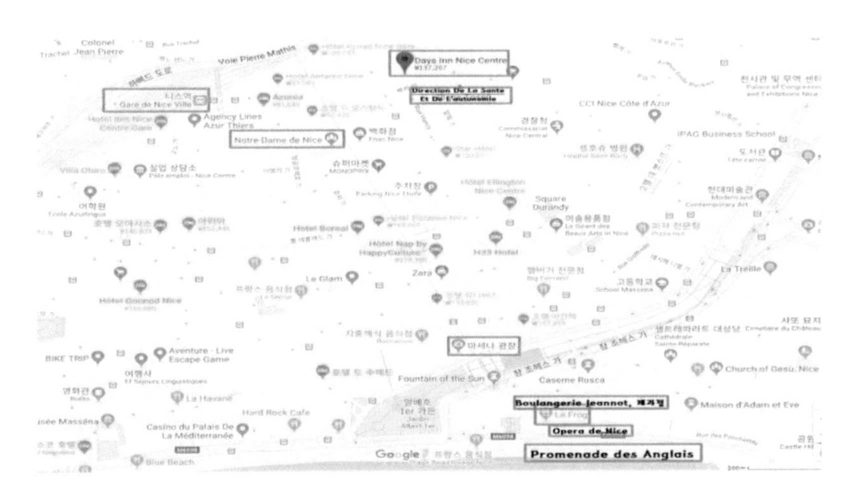

절벽 해안 마을 마나롤라 풍경에 빼앗긴 내 마음

이탈리아 라스페치아 현, 친퀘테레 마을

리구리아 해안 절벽에 서서

이틀간 정들었던 숙소에서 서둘러 아침식사를 마친다. 우릴 태운 전세버스는 오전 8시 출발, 오늘(3월 9일, 토)은 남 프랑스 니스에서 다시 이탈리아로 돌아간다.

첫 방문지는 라스페치아(La Spezia) 현, 친퀘테레(CINQUE TERRE) 마나롤라 해안 절벽마을이다. 우리는 흐린 날씨와 아랑곳없이 설레는 마음으로 차창을 바라본다. 니스에서 라스페치아까지 전세버스로 4시간 정도 걸린다. 버스는 어느새 이탈리아 제노바(Genova)를 지난다.

이탈리아 제노바 근처 풍경

차창 밖으로 모란디 다리가 붕괴되어 끊겨진 채로 그대로 드러나 보인다. 2018년 8월 14일(현지시각), 이탈리아 제노바 모란디 교량(Ponte Morandi) 붕괴 사고로 우리에게도 잘 알려진 바로 그 다리다. (↔ 구간) 당시 참사를 다시 떠올리게 하는 비참한 상황이다. 사망 43명, 실종 5명(추정), 중경상자 16명을 냈고, 35대 넘는 차량이 다리 아래로 추락했다. 1994년 10월 21일 아침, 충격적이었던 우리 성수대교 붕괴사고까지 떠올리게 한다.

설레던 여행길, 차창 밖으로 바라본 모란디 다리는 무심한 풍경 속으로 그냥 사라져 간다. https://youtu.be/ETpm3arcM7g **당시 연합뉴스 동영상**

이 사고로 세계적 패션 브랜드 회사 '베네통'이 큰 비난을 받았다. 교량 붕괴 사고에서 베네통을 언급하는 것이 뜬금없어 보이지만, 교량을 유지 보수한 업체 최대 주주가 베네통이었기 때문이다. '모란디 참사'는 처음부터 마피아 '온 드랑 게타' 개입으로 부실공사로 지어졌다는 외신 보도도 나왔다. 2년 후, 2020년 8월 3일(현지시각) 모란디 다리는 산조르지오 다리로 새롭게 탄생한다.

제노바 모란디 교량(Pont Morandi) 붕괴 사고 현장

라스페치아(La Spezia) 도착

버스는 정오쯤, 우리를 라스페치아에 내려준다. 이곳은 이번 여행을 시작하기 전엔 들어본 적 없던 생소한 곳이다. 낮게 드리워진 구름 탓으로 밝은 이미지를 주워 담지 못하고 걷다 보니, 라스페치아 해군 군사기지(Base Navale Porta Ospedale)가 보인다. 군사기지가 들어선 곳이라니 더 묵직한 이미지를 그려 담으려다, 곧 벚꽃 군항제로 들뜨던 우리나라 진해 앞바다 풍경

이 생각나서 혼자 웃으며 고개를 젓는다. '그냥 날씨 탓이지 뭐!'

해군 군사기지 옆으로 종합병원(Ospedale Militare Di Medicina Legale)도 보인다. 좀 더 걸어가면, 라스페치아 분수광장에 닿는다. 라스페치아는 이탈리아 북부 리구리아 주에 있는 군사도시로, 제노바 만에 딸린 라스페치아 연안 항구도시다. 이곳은 19세기 중반 제노바에 있던 해군기지가 옮겨오면서 군사기지와 군사 관련 시설이 많고, 관련 공업이 발달했다.

해군기지 입구 / 종합병원

라스페치아 분수광장 (The central fountain, La Spezia)

중앙분수대에서 바라 본 라스페치아 마을 풍경

광장 한가운데 있는 대리석 분수가 구름 사이로 들고 나던 햇빛으로 눈부시다. 가이드가 기차표를 사러 간 사이 우리는 광장을 둘러본다. 여행 중 누리는 이런 짧은 자유시간이 좋다.

라스페치아 중앙 분수대

중아분수대 근처 로터리 / 마을로 이어지는 샛길

약국에서 필요한 밴드를 구입하고, 광장 샛길도 기웃거린다. 시간이 없으니 샛길로 들어서진 못한다.

라스페치아 중앙분수대 가까이 있는 약국

기차역(La Spezia Centrale railway station)

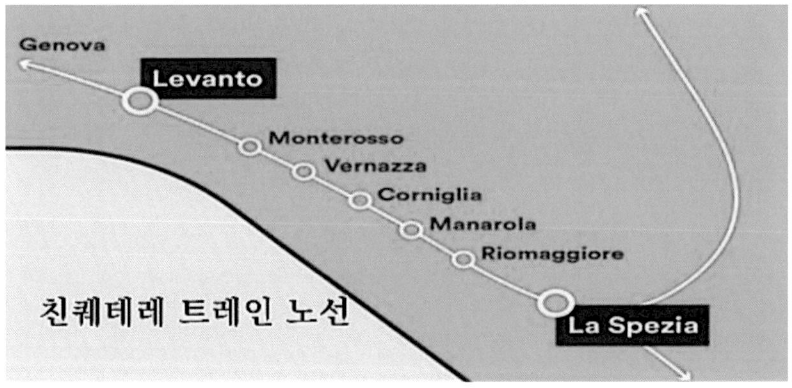

친퀘테레 익스프레스 트레인은 새벽까지 자주 운행되고 요금도 저렴하다. 종일권은 성수기 기준 16유로/1일권, 29유로/2일권, 41유로/3일권이 있다. 정

해진 기간 동안 횟수에 제한 없이 탑승할 수 있다. 구간 권은 한 구간당 요금을 지불하는 티켓이다. 어른 4유로, 12세 이하 2유로, 4살 이하는 무료다. 하루 이동 구간이 4구간 이상일 경우 종일권을 구입하는 것이 경제적이다. 종일권은 친퀘테레 포인트라는 인포센터에서 판매한다. 구간권은 아래 밴딩 머신 사진, 왼쪽 아래 구석에 보이는 티켓 펀칭기로 구멍을 뚫어 탑승 여부를 표시해 주어야 한다. 검사를 하는 경우는 거의 없지만 불심 검문에 걸리면 벌금을 물린다.

밴딩 머신으로 탑승권 구입. 오른쪽 위 '소매치기 주의' 표시, 왼쪽 아래 티켓 펀칭기
https://bit.ly/38XutZu **친퀘테레 열차 공식 홈페이지**

친퀘테레 리구리아 해, 어촌마을 다섯 곳

친퀘테레 5개의 작은 어촌마을은 10km 이르는 해안을 따라 분포되어 있다. 이중 몬테로소 알 마레가 비교적 번화하고 관광시설도 잘 갖추고 있다. 친퀘테레에서 1박 이상 머물 수 있다면, 몬테로소에 숙박을 정하고 관광하

는 것이 좋다. 우리는 당일치기 여행자이니 마나롤라만 돌아보고, 피사시로 이동할 예정이다.

각 마을은 절벽 위 좁은 길로 연결되어 있다. 도보와 기차, 배가 친퀘테레 다섯 마을을 연결하지만, 외부에서 친퀘테레로 통하는 길은 많지 않다. 걷거나 기차를 타는 방법이 최상이다. 걷기는 리오마조레와 마나롤라를 잇는'사랑의 길'(VIA dell' AMORE)을 제외하면 각 구간 별로 1~2시간 소요된다. 사랑의 길은 약 30분 정도 걸리는 데, 우리가 방문했던 당시엔 수해로 이 길도 폐쇄된 상태였다. 기차를 이용하면 각 역간 이동거리는 5분 정도다.

검푸른 리구리아 해 흰 파도가 차창을 두드린다. 그 울림이 밀려들자, 미세한 감정이 흔들린다. 먼 곳으로 돌아간 듯 알 수 없는 아련함이 솟아올라, 마음 한구석이 휑하다. 계속 나를 부르는 파도 소리, 올 때마다 다시 돌아갈 때도, 다른 울림을 전한다. 다양한 리듬에 맞춰 오감이 천천히 춤을 춘다. 가슴 속으로 파고드는 그 운율이 어느새 휑한 마음까지 토닥여 준다.

사진 위, 차창 밖 푸른 리구리아 / 사진 아래, 마나롤라 역 / 마나롤라로 들어가는 터널 입구

기차로 5분 정도 달려 도착한 마나롤라 역에서 나와, 터널로 들어가면 해안 절벽 마을에 이른다. 터널은 길지 않지만, 내부는 좀 우중충하고, 특별하지 않다. 지나가는 통로 역할만 충실하게 하고 있다.

마나롤라 마을로 향하는 터널안 / 터널을 빠져 나온 마나롤라 마을 입구

터널을 나서면 마나롤라 마을이다. 터널 입구 옆으로 친퀘테레 5개 마을이 절벽 해안선을 따라 이어진 지도가 있다. 유네스코 세계 문화유산으로 지정된 친퀘테레 마을을 자세히 들여다보고 출발하면 더 좋다.

지도 왼쪽부터 몬테로소 알 마레(Monterosso al Mare)는 라스페치아 현에 있는 마을로 특산물이 레몬이다. 베르나차(Vernazza)에서는 낚시를 즐길 수 있다. 코르닐리아(Corniglia)는 인구 250명으로 친퀘테레에서 가장 작은 곳이다. 100 미터 절벽 위 마을로 삼면은 포도밭이고, 나머지 한 면은 해안 절벽에 면해 있다. 해안가 기차역에서 368개의 '라르다리나'(Lardarina)라는 계단을 통해 마을로 오를 수 있다. 우리가 오늘 방문한 마나롤라(Manarola)마을에는 해변을 따라 '센티에로 아주로'(Sentiero Azzuro, 푸른 산책길)와 1338년 건축한 산 로렌초 성당이 있다. 리오마조레(Riomaggiore) 마을에는 마이오르강이 흐른다. 피날레 광장, 제리코 언덕, 바티스타 성당이 있다.

사진 위, 마나롤라 절벽 마을과 리구리아 해 파도/ 사진 아래, 절벽 해변 / 마을 풍경

사진 아래, 마나롤라 전망대 오르는 길

절벽 위로 펄럭이는 이탈리아 국기도 우리를 환영한다.

마나롤라 해안 절벽에서 이탈리아의 유명한 싱어송라이터 안토넬로 벤디티(Antonello Venditti, 1949. 03~)의 환영인사를 받는다. 이 곡은 벤디티의 90년대 초반 작품이다. "파라다이스에 오신 것을 환영합니다." Benvenuti in Paradiso https://www.youtube.com/watch?v=ckTaSXjVLCE

bello averti qui tra le mie braccia amore,
bello averti qui... amore.
A lume di candela parliamo di noi due,
che magica atmosfera che c' questa sera.
Di colpo le tue mani, (di colpo le tue mani)
intrecciano le mie, (intrecciano le mie)
nell'aria il tuo profumo, amore,
amore che fai, amore cos non vale.
So sweet, se il mondo fosse un angolo di cielo,
So sweet, rimangerei la mela del peccato, amore...
So sweet, e vola il tuo vestito sul divano,
So sweet, ti prego non fermare la tua mano, amore,
ma amore cos, amore cos non vale.
Benvenuti in Paradiso insieme a noi,
non vogliamo pi serpenti.
Benvenuti in Paradiso fin che vuoi,
benvenuti tra noi...
Se questa vita morde, tu mordila di pi,
l'abbiamo vinto a sorte il nostro domani.
E con un grande salto (e con un grande salto)
tra invidie e ipocrisie (tra invidie e ipocrisie)
noi voleremo in alto stasera,
amore che fai, amore cos non vale.
So sweet, se il mondo fosse un angolo di cielo,
So sweet, rimangerei la mela del peccato, amore...
So sweet, e cade il tuo vestito piano piano,
So sweet, e noi abbracciati stretti sul divano, amore ...
ma amore cos, amore sar per sempre.
Benvenuti in Paradiso insieme a noi
non vogliamo pi serpenti.
Benvenuti in Paradiso fin che vuoi,

당신이 내 사랑 속에 있어서 기뻐요.
네가 여기 있어서 기뻐, 사랑.
촛불로 우리 둘에 대해 이야기해 보자.
오늘 밤 정말 마법 같은 분위기네요.
갑자기 손을 잡으세요.
내 것을 엮다
공기 중에
당신이 하는 사랑, 가치 없는 사랑.
세상이 하늘의 한 구석이라면 나는 달콤할 것이다.
그래서 나는 여전히 죄의 사과로 남았다.
너무 달콤하고, 옷을 소파에 올려 놓으세요.
나는 달콤하다, 제발 너의 손, 사랑, 너의 손을 막지 말아라.
하지만 사랑, 사랑, 가치 없는 것.
우리와 함께 천국에 오신 것을 환영합니다.
우리는 더 이상 뱀을 원하지 않는다.
당신이 원하는 만큼 천국에 오신 것을 환영합니다.
우리 사이에 오신 것을 환영합니다.
만약 이 삶이 물린다면, 당신은 그녀를 더 물어요.
우리는 내일 운에 맡기고 이겼어요.
그리고 큰 점프를 한다.
질투와 위선 사이에.
우리는 오늘 밤 높이 날 것이다.
당신이 하는 사랑, 가치 없는 사랑.
세상이 하늘의 한 구석이라면 나는 달콤할 것이다.
그래서 나는 여전히 죄의 사과로 남았다.
너무 달콤해서 옷이 천천히 떨어지네요.
너무 달콤하고, 우리는 소파에서 꽉 껴안았다.
하지만 사랑은 영원할 것이다.
우리와 함께 천국에 오신 것을 환영합니다.
우리는 더 이상 뱀을 원하지 않는다.
당신이 원하는 만큼 천국에 오신 것을 환영합니다.

리구리아 해 / 절벽 제일 높은 곳에 있는 마나롤라 공중 화장실

보통 화장실(WC)은 좀 외진 곳 구석에 있기 마련인데, 이곳 마나롤라 공중 화장실은 가장 높은 곳, 제일 밝고, 먼 곳 경관까지 모두 내려다보이는 꼭대기에 있다. 차례를 기다리는 동안에도 아름다운 풍경을 감상한다. 리구리아 해의 거친 파도와 절벽 위 집들, 오가는 사람들을 구경하며 기다리다 보면, 시간도 금세 지나간다.

전망대에서 바라본 풍경

천국이라 한들 이보다 더 아름다울 수 있을까! 천상에서 내려다본다면, 지상 마나롤라 풍경 속에 그냥 빠져버릴 지도 모른다. 내 두 눈도 이 풍경에 빠져들어 헤어나질 못하니 다른 감각들은 마비되어버린 것만 같다.

친퀘테레 절벽 해안마을 마나롤라에서 빼앗긴 내 마음은 하늘로 날아올랐다가 바다 속으로 빠져들기를 계속 반복 중이다. 파도에 밀려와 해안절벽에 부딪혀 날아오르는 흰 물방울이 내 마음 같다. 리구리아 해안 파도는 마나롤라 해변에 하얗게 부딪혀 절벽 위로, 다시 하늘로 날아오른다. 그리고 하늘 위에서 잠시 마주한 마나롤라 풍경에 취해 곧 다시 바다로 빠져든다. 수없이 반복하는 데도 나는 멈추질 못한다. 흰 파도도 하얗게 부서지는 내마음도 다시 절벽 위로 날아오른다.

전망대에서 바라본 마나롤라의 풍경은 날씨가 흐린 대로 운치 있는 깊은 멋과 아름다움을 드러낸다. 남 프랑스 하늘은 구름 한 점 없이 맑고 온화했다. 바람은 세게 불었지만! 이탈리아 북부는 약간 쌀쌀하고 날씨도 자주 흐리는 것 같다. 비슷한 위도 상에 있어도 남 프랑스는 지중해 영향을 직접 받고, 이탈리아 북부는 알프스 산맥의 영향을 받는다니, 몇 시간 달려온 곳이지만, 각기 그 특징과 색깔이 특별해서 모두 다 아름답다.

위 사진은 전망대까지 올라갔다 내려가는 길에 담은 풍경이다. Someday, 기회가 주어진다면, 일주일 아니 이틀 만이라도 이곳에 머물며 여유롭게 산책을 즐기다 가고 싶다. 파도처럼 부서져 날아가 버리는 공약(空約)이 될지 모르지만 '다시 오자'고 레드루와 약속한다.

내려오면서, 머물다 가지 못하는 아쉬움에 자꾸 뒤를 돌아본다. 전망대가 멀어질수록, 짙은 회색빛 구름과 휘몰아치는 해풍까지 내 가슴속에 더 꾹꾹 눌러 담는다. 욕심꾸러기 마냥.

친퀘테레 특산품과 기념품점 둘러보며, 간식 즐기기

레몬은 친퀘테레 유명한 특산품이다. 레몬사탕, 레몬 초콜릿, 레몬 아이스크림, 레몬 비누에서 리몬첼로라 불리는 레몬 술까지 종류도 참 다양하다. 특히, 리몬첼로는 당시 우리나라에서 구하기 쉽지 않은 품목이었다. 기억에 남을 만한 선물이나 기념품으로 추천할 만하다. 새콤달콤한 레몬 사탕을 한 봉지 사서 입에 넣고 걸으면 기분도 상쾌해진다.

좁은 길을 따라 이어지는 알록달록 예쁜 마나롤라 마을

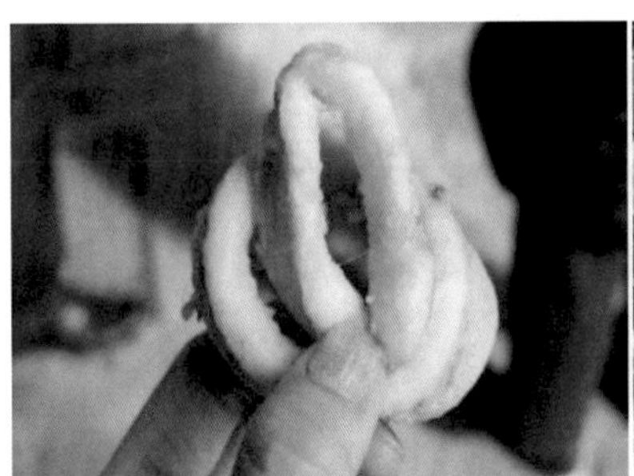

친퀘테레 몬테로소 알 마레에서 열리는 레몬 축제

해산물 튀김과 사탕도 알콩달콩 이야기를 나누며 먹다 보니, 사진 찍는 일은 뒷전! 그래도 센스쟁이 레드루가 몇 장 찍었다지만, 딸도 먹기 바빴던 건 나와 같더라. 취향은 다른데, 먹는 일엔 모전여전(母傳女傳)이다. 새콤한 사탕은 한두 알씩 먹다 보니 귀국해서도 한동안 가방 속에 굴러다녔지만, 레몬 향이 좋아 버리지 않고 다 먹었다. 평소 내 사탕들은 굴러다니다 버려지곤 했지만.

고지대 친퀘테레에는 계단식 포도밭이 넓게 분포되어 있다. 이곳에서 재배된 양질의 포도로 맛 좋은 와인이 생산된다. 이 와인도 친퀘테레 유명한 특산품이다. 친퀘테레는 아름다운 경치 포함, 해산물, 레몬, 와인 이렇게 1+3가지 키워드를 기억하면 된다. 레몬 고장답게 친퀘테레 가장 큰 마을인 몬테로소 알 마레에서는 매년 5월 3번째 주, 레몬 축제를 연다.

마나롤라 역에서 라스페치아로 향하는 기차 안에서 바라본 마을 풍경

주주와 레드루는 라스페치아 역 근처 주차장에서 대기 중이던 전세버스에 올라, 다음 행선지인 '피사의 사탑'으로 향한다. 라스페치아에서 피사까지 약 1시간 30분 정도 소요된다. 피사로 향하는 버스에서 마나롤라의 아름다운 풍경을 떠올리며, 잠시 눈을 감고 휴식을 취한다.

드디어 피사(PISA)에 왔다

미라 콜리 광장, 피사 탑, 대성당, 산 조반니 세례당,

캄포 산토 납골당

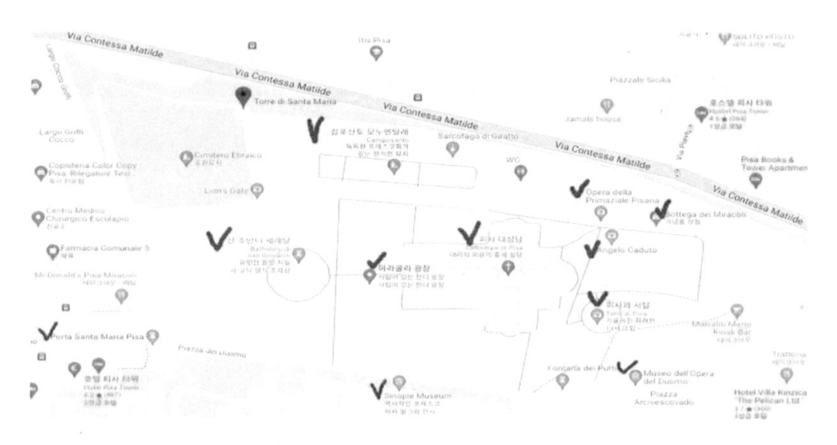

우리는 고풍스러운 긴 성곽을 왼쪽으로 끼고 인파를 따라 부지런히 걷는다. 피사의 사탑으로 가는 표지판이 보인다.

드디어 Porta Santa Maria Pisa 문을 통해 성안으로 들어선다. 피사 구시가는 성으로 둘러 쌓여있다. 높은 성벽으로 둘러 쌓여 있던 바티칸 시국처럼.

오늘(9일)은 하루 종일 바람도 강하게 불고, 짙은 회색 구름이 낮게 드리워져 있다. 늦은 오후가 되면서 친퀘테레 보다 피사에서 더 우중충한 날씨가 이어진다. 피사 전체가 무겁고 음울해 보이는 형상이랄까! 그러나 날씨가 흐리던 말던 각국 관광객들은 오매불망 유명한 피사의 사탑(Torre Pendente di Pisa)을 마주하게 된다는 설렘으로 모두 밝고 쾌활하게 떠들며 들떠 있다.

토스카나 주 피사시 대성당에 있는 피사의 사탑은 미라 콜리 광장(기적의 광장)에 있다. 피사 중앙역에서 도보 20여분 거리다. 초록빛 잔디 광장 위로 산 조반니 세례당과 그 뒤쪽으로 캄포 산토 납골당이 있고, 피사 대성당, 피사의 사탑이 완벽한 조화를 이루며 서 있다. 피사 종탑은 대성당 부속건물이지만 세계적으로 워낙 유명한 탑이다 보니, 정작 대성당은 유명세가 그에 미치지 못한다. 이 귀중한 인류문화 유적들은 1987년 유네스코에 등재됐다. 피사는 둘러볼 곳이 많지 않아 피사의 사탑 하나만 보러 간다면 실망할 수도 있다고들 하지만, 피사의 사탑은 일단 그 유명세에 끌려 더 많은 호기심을 갖게 한다.

피사의 사탑 (Leaning Tower of Pisa)

왼쪽부터 산 조반니 세례당, 천사 분수, 대성당, 종탑, 뒤 건물 시노피아 미술관과 기념품점

지상 54.5m의 거대한 이 종탑은 건축 중에 이미 기울어져 세계 7대 불가사의 중 하나로 꼽힌다. 갈릴레오 갈릴레이 자유낙하 실험 장소로도 유명한 곳이다. 다양한 인종의 수많은 사람들은 피사 성안으로 들어서면 일단 대부분 피사 종탑부터 찾는다. 비슷한 포즈로 인증 숏을 남기느라 정신이 없다. 우리도 미라 콜리 광장 안쪽으로 보이는 피사의 사탑으로 먼저 갔다.

그런데 나는 누진다 초점 안경을 버스에 두고 내렸다. 아무리 눈을 부릅뜨고 가까이 다가서도 피사 탑 벽과 레드루의 손바닥이 붙었는지 떨어져 있는지 제대로 보이질 않는다. 결국 딸은 한 손을 벽에 대고 셀카를 찍었다. 엄마 주주는 가뿐하게 피사 종탑을 잘 받치고 있다. 딸 레드루가 카메라 포커스를 잘 맞춰 찍은 때문이다.

피사의 사탑과 나란히 찍힌 천사 분수의 아기 천사들은 인간보다 많은 능력을 가진 존재다. 천사의 외모는 아기이거나 어린이여야 호감이 간다. 명화 속에서도 늙은 천사를 본 기억이 없다. 늙은 모습으로 표현되면 천사가 아니다. 천사는 세월을 비껴가니까. 다정 다감한 수호천사라도 유한한 삶을 살다

사진 왼쪽부터 피사 대성당, '피아자 데이 미라 콜리'의 천사 동상, 피사의 사탑(종탑)

가는 인간의 마음을 다 헤아리진 못할 것이다. 아무튼 눈으로 보기에도 예쁘고 사랑스러워야 진짜 천사 같다. 실상 못생긴 모습이 꼭 추한 내면(심성)과 비례하는 것도 아닐 텐데. 예쁜 모습으로 각인된 천사 이미지는 사람들 생각인가, 신의 뜻일까? 모든 생명체는 시각적으로 아름답지 않으면, 사랑 받긴 힘들겠구나. 나의 침침한 눈으로도 사랑스러운 모습에 더 시선과 관심이 가는 건 어쩔 수 없다.

아기천사들 손에는 OPA라 쓰인 판이 들려 있다. 이는 1064년 피사 대성당

건설 시작 이래, 피사의 모든 건축물의 유지보수를 담당해온 조직인 '프리마 지알 피사나의 오페라'(Opera della Primaziale Pisana)를 의미한다.

피사의 사탑 뒤쪽 붉은 벽돌 건물은 한 때 피사 대성당 교구에서 운영하던 병원이었으나 지금은 박물관과 기념품점이 들어서 있다. 통합 패스권을 구입하면 성당과 박물관까지 한 번에 돌아볼 수 있다.

피사의 사탑은 두오모 종탑으로 1173년 8월 착공 시에는 수직이었으나, 13세기 들어 탑의 기울어짐이 발견됐다. 한쪽 지반이 부드러웠던 곳에 탑을 올렸고, 지하는 고작 3m밖에 파지 않아 하중을 견디지 못했기 때문이라고 한다. 지반 고르기와 다지기부터 부실공사였다니, 모든 일에 기초가 얼마나 중요한지를 세계인들에게 그대로 보여준 상징적인 탑이기도 하다. 공사 중 한쪽으로 서서히 기울기 시작한 상황을 염려하며 탑을 쌓다 보니 종탑은 1372년에야 완성됐다. 199년 걸려 만들어졌다. 그래도 무너지지 않고 탑 형태가 묘하게 기운 채로 남아 있었으니 참 신기하다.

공사 중 기울어지자, 그 위층은 기울어진 각도를 반영해서 수직으로 탑을 쌓았고, 또 기울어지니 그 위층을 다시 수직 탑을 세우며 공사를 진행했지만 계속 기울어지는 상황을 막을 수 없었다. 원래 설계대로라면 지금보다 더 높은 탑이 될 예정이었다. 1900년대 와서야 기울어지는 것을 막기 위한 대대적인 보수작업이 진행됐다. 기울어지는 반대쪽 단단한 지반을 파내 균형을 맞추는 방법으로 2001년 최종 보수작업을 완료했다. 공사 시작부터 보수까지 830년 가까운 세월이 소모된 종탑이다. 모든 일에 기초가 얼마나 중요한가를 확실하게 증명했다. 긴 세월 많은 이들의 수고로움으로 지켜온 종탑을 '민폐 탑'이라 부르는 이유에 고개가 절로 끄덕여진다. 피사의 사탑은 역사적 가치만으로도 중요하고 훌륭하다. 이후 고층 건물을 지을 때 반드시 지반을 깊이 파내고 하중을 견딜 수 있도록 기반을 다졌다.

보수공사가 완료된 후, 탑 내부 입장도 가능해졌다. 종탑 한 곳만 오르는 비용이 18유로다. 어린이 요금도 성인과 동일하다. 입장료가 좀 비싼 편이고, 7세 이하 아동은 입장 불가다. 매표소는 탑 뒤쪽에 있으며, 올라 갈 때는 가방을 모두 맡겨야 한다. 한 번에 30명씩, 40분 간격으로 올라간다.

피사 대성당(Domo di Pisa)

피사 대성당은 유럽 중세, 상업도시였던 피사에 위치해 있는 로마네스크 건축을 대표하는 이탈리아에서 가장 오래된 대성당이다. 1063년 착공, 50여년간의 공사로 완성됐다. 피사탑 종루, 산 조반니 세례당, 묘지 캄포 산토 등을 갖추고 있다. 성당은 팔레로 모 해전 승리를 기념하여 그리스인 부스케투스 (Buschetus)의 설계로 기공했고, 1118년 헌당됐다. 12세기 말 라이날두스(Raynaldus)가 서측 부분을 연장해서 돔을 설치, 마지막으로 13세기에 아름다운 정면 파사드를 완성하여 준공했다.

대성당 중심축 제단 위 돔 주변에는 고딕 양식 장식물이 있다. 돔은 1595년 화재로 소실, 복구한 것으로 로마네스크 양식이 아닌 고딕 양식이 가미되었다. 세 개의 청동문 위로 4층 기둥의 개방된 회랑이 있다. 두오모는 로마네스크 양식 걸작으로 뛰어나지만, 부속물인 종탑이 너무 유명세를 치르는 바람에 상대적으로 관심에서 멀어진 감이 있다.

피사 대성당 건물 중 전면부 파사드(Faacade)

https://www.opapisa.it/en **피사 두오모 홈페이지**

피사 대성당 뒷면

피사 대성당은 종탑 덕분에 유명 관광지로 남아있나 싶기도 했지만, 막상 대성당의 위용과 섬세한 아름다움을 마주하고 나면, 그런 생각도 이내 사라진다. 대성당 출입문은 고풍스럽고 육중한 느낌을 준다. 부조로 장식된 세 개의 청동문은 원래 김볼로냐(Gimbologna)가 만들었으나, 1595년 화재가 난 후, 현재 모습으로 바뀌었다. 파사드 청동문 위에는 섬세하고 화려한 비잔틴 영향을 받은 모자이크가 장식되어 있다. 뒤쪽 청동문 위에도 앞쪽 파사드 청동문처럼 아름답고 수려한 비잔틴 모자이크 장식이 돋보인다.

미라 콜리 광장에서 만난 '추락한 천사'

미라 콜리 광장 옆 시노피아 미술관과 기념품점 앞으로 추락한 천사가 쓰러져 있다. 추락한 천사(Fallen Angel)는 '이카로스'를 형상화한 폴란드 조각가 이고르 미토라이의 유명한 작품이다. 이카로스(Icaros)는 그리스 신화에 나오는 인물로 다이달로스(Daedalos)의 아들이다. 아버지와 함께 백랍으

왼쪽부터 천사 분수 동상, Torre di Santa Maria쪽, 캄포 산토 모누멘탈레쪽, 세레당, 피사 대성당

로 만든 날개를 달고 미궁에서 탈출한다. 그러나 이카로스는 아버지 주의를 잊고 너무 높이 날아가, 태양열로 인해 날개가 녹아 바다에 떨어져 익사한다.

강건해 보이는 몸을 지닌 추락한 성인 천사의 꺾인 날개 위로 한동안 시선이 머문다. 영원한 안식을 취하고 있는 얼굴 표정은 오히려 편해 보인다. 추락하던 당시 처절했던 모습은 간 곳 없이 온갖 세상사 초월한 듯 평온한 모

습으로 비스듬히 누워있다. 미라 콜리 광장에서 마주한 추락한 천사의 모습이 마음 속으로 들어와 담긴다. 조각상을 천천히 돌아본다. 추락한 천사의 꺾인 날개 속엔 참담한 생을 살다 간 메두사(Medusa)의 얼굴도 보인다. 고르고 메두사 일생은 우리 식으로 보자면, 아름다운 여인이 단 한 번의 '잘못된 만남'으로 삶이 엄청 꼬이게 된 불행한 케이스다.

메두사는 그리스 신화에 나오는 괴물이자 마녀로, 스테노·에우뤼알레·메두사 고르고 세 자매들 중 한 명이다. 고르고 자매는 원래 아름다운 여인들이었다. 그 중 미모가 가장 뛰어난 메두사는 해신 포세이돈의 욕정으로, 하필 여신 아테나 신전에서 정을 통하게 된다. 아테나 여신에게 이 장면을 들키면서 메두사는 아테나 여신의 저주로 흉측한 괴물로 변한다.

아테나 여신은 순결을 지키는 처녀 신으로 남성적이고 가부장적인 여신이다. 아테나는 포세이돈과의 내기에서 이겨, 도시 아테네의 수호신이 됐다. 그녀를 떠받치는 고대 그리스인들은 아테네 신전을 세워 그녀의 보살핌을 기원했다. 같은 전쟁의 신인 아레스보다 더 지혜롭고 이성적인 순결한 신이라는데, 아름답던 여인 메두사에겐 관대하지도 지혜롭지도 않았다. 지금의 우리 시각으로 보면, 메두사보단 오히려 포세이돈에게 저주를 내렸어야 정답이다. 현대판 유전무죄 무전유죄를 살짝 빗대어 보자면, 판단하는 자보다 강하면 무죄, 약하면 유죄인가!

지주받은 메두사는 무십게 부풀어 오른 얼굴과 튀어나온 눈, 크게 벌어진 입, 길게 늘어뜨린 혓바닥, 멧돼지 어금니처럼 뾰족한 이빨을 지녔다. 손은 청동, 목은 용의 비늘로 덮여 있고, 머리카락 한 올마다 꿈틀거리는 뱀의 형상을 하고 있다. 더 끔찍한 것은 메두사를 직접 본 사람은 모두 돌로 변하는 마법까지 걸린다는 것이다. 메두사는 아테나와 헤르메스의 총애를 받던 페르세우스에 의해 목이 잘려, 저주받은 생을 마친다.

시노피아 미술관 (Sinopie Museum)

시노피아 박물관은 대성당 납골당에서 발견된 프레스코화 밑그림을 전시

하는 미술관이다. 1944년 제2차 세계대전 중 일어난 화재로 캄포 산토의 14~15세기 벽화들이 불에 탔을 때 드러난 시노피아화들이 전시되어 있다.

시노피아화는 프레스코화 밑그림으로 쓰이기도 하고, 그 자체로 작품이 되기도 한다. 베노초 고촐리 '성경의 이야기들', 피에르 디 푸치오의 '신학 우주도', 작자 미상인 '최후의 심판' 등 주목할 만한 작품들이 보관되어 있다.

왼쪽부터 종탑, 대성당 뒤편, 오른쪽 흰 돔의 캄포 산토 묘지, 앞쪽 시노피아 미술관과 기념품점

피사의 기념품 점에서도 메인 테마는 역시 피사의 사탑이다. 기울어진 종탑의 모형도 다양하다. 수작업 한 모형은 비싸다. 레드루가 고른 피사 종탑 기념 티셔츠는 한 장에 12.5 유로이다.

산 조반니 세례당(San Giovanni Batistery)

산 조반니 세례당은 피사가 피렌체와 함께 르네상스 시대 예술 중심지였던 1256년 세워진 건축물이다. 세례 성 요한에게 헌정된 세례당으로 피사 대성당 서측 반대쪽에 세워졌다. 건축가 디오티 살비가 이탈리아 로마네스크 양식으로 설계, 반구형 돔을 올려놓은 원통형 건물이다. 그의 이름은 세례당 실내 사각기둥에 쓰여 있고, 'Diotosalvi magister'(신의 은총이 너를 다스린다.)로 표기되어 있다. 외부는 13세기 고딕 양식을 가미했고, 내부는 공명으로 소리가 크고 웅장하게 들리는 구조다. 세례당은 4면 출입문이 있고, 고딕 양식 기둥과 아치로 되어 있다.

세례당을 성당 밖에 별도의 건물로 지었던 것은 세례 받지 않은 사람은 성당에 들어 갈 수 없었기 때문이다. 세례당에서 세례를 받고, 정화된 사람만이 신성한 공간인 성당에 들어갈 수 있었다. 중세 사람들은 신의 존엄성에 대해 거역한다거나 현대인들처럼 무관심하게 살아갈 순 없었다.

캄포 산토 모누멘탈레 (Camposanto Monumentale)

캄포 산토 공동묘지인 납골당은 대성당 북쪽에 있는 대리석 건물로 피사의 역사적인 인물들이 잠들어 있다. 1278년 조반니 디 시모네(Giovanni di

Simone)에 의해 착공됐다. 십자군 원정 때 예루살렘 골고다 언덕에서 가져온 흙으로 건축했고, 1456년 완공되었다. 외벽 43개의 아치, 2개의 출입구가 있고, 내부에는 프레스코 벽화들이 아케이드로 되어 있다. 프레스코화로 장식된 네모꼴 벽이 안뜰을 둘러싼 회랑 형식 건축물이다. 연속으로 된 아치 형태의 복도 벽면에 그려졌던 14~15세기 프레스코화는 제2차 세계대전 공습으로 대부분 불타버렸다. 페스트의 공포를 생생하게 표현한 '죽음의 승리'(Trionfo della Monte)라는 작품이 남아 있다.

산 조반니 세례당 오른쪽 뒤로 푸에르타 델 데온 일명 사자문(Lion's Gate)으로 불리는 성문이 있고, 그 오른쪽으로 회랑 형식 묘지 Campo Santo가 조화롭게 어울려 있다.

사진 왼쪽, 산 조반니 세례당 출입문과 오른쪽, 사자문

피사의 사탑은 세계 2차 대전 중, 저격수들이 숨어서 미군을 저격하던 장소로 사용되기도 했다. 미군은 이 탑을 폭파해 버리려 했지만, 이를 명령 받

은 포병 리온 엑스타인(Leon Weckstein)은 인류 문화유산인 신비로운 사탑을 폭파할 엄두가 나지 않아 그냥 돌아왔다고 전해진다. 이 사실은 종전 후 오랜 시간이 흐른 후 밝혀졌고, 리온 엑스타인은 인류의 귀한 문화유산을 지켜낸 인물로 인터뷰도 하고, 책도 쓰는 등 보람찬 말년을 보냈다. 전쟁의 화마 속에서도 인간으로서 지켜내야 할 가치 있는 일을 실천한 한 포병의 올바른 판단이 오늘날 피사의 사탑을 있게 했다.

구름이 낮게 드리워진 하늘로 서서히 저녁노을이 깃들어 간다. 이제, 피사 방문기도 접어야 할 시간이 됐다. 그 동안 강행군으로 피로가 쌓인 눈이 오늘따라 더 불편하다. 피곤한 눈이지만, 동그랗게 크게 뜨고 피사의 사탑, 대성당, 세례당과 납골당까지 둘러보고 나니 마음은 어느새 부자가 되어 있다.

그러나 현실은 피곤한 여행자다. 피사에서 중식으로 때운 소박한 저녁 식사가 우리의 현실이다. 몇 끼 째 중식만 먹고 있지만 그래도 맛있게 먹는다. 먹어야 힘이 나고, 그래야 건강한 여행자가 될 수 있으니까! 마음이 이렇게 부잔데, 까짓 식사 서너 끼로 기죽긴 없다. 피사에서 1시간여를 달려 몬테카티니 테르메에 도착. 이번 여행의 마지막 밤을 보낸다.

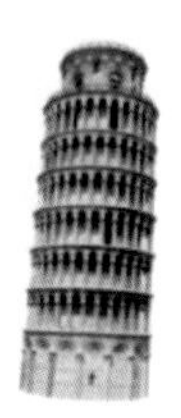

몬테카티니 테르메

작은 탑 공원에서 힐링

호텔 룸 정전사고로 지치고 특별했던 여행 마지막 밤

피사에서 저녁식사까지 해결하고, 몬테카티니 테르메에 도착하니, 벌써 어둠이 깃든다. 몬테카티니 테르메(Montecatini Terme)는 토스카나 주 피스토이아 현 코무네(행정구역 시 단위)로 루카 평원(Piana di Lucca) 동부 끝에 있는 작은 도시다. 이탈리아 중서부 여행 시 피사, 피렌체, 시에나를 '토스카나 투어'로 묶어 한 번에 쭉 둘러보면 좋다. 우리는 지난 3월 5일 피렌체에 들렀다가 베네치아로 향한 바 있다. 토스카나의 작은 도시 몬테카티니 테르메는 피사와 피렌체(플로렌스) 중간 지점에 있다.

몬테카티니 테르메는 이탈리아 유명 스파 관광지

한국인들에게 피사와 피렌체는 이탈리아 주요 관광지로 잘 알려져 있지만, 몬테카티니 테르메는 조금 생소하다. 이탈리아에서는 관광업이 발달한 도시로 유명하다. 시간당 열차 2대가 몬테카티니 역에 정차한다. 마을을 관통하는 도시 전체가 스파 관련 산업으로 발달해 왔고, 상업시설과 호텔업도 성업 중인 곳이다.

Ⓐ피사 Ⓑ몬테카티니 테르메 Ⓒ피렌체

몬테카티니 테르메 지명에서 '테르메(Terme)'는 온천이란 의미다. 우리나라로 치면, 수안보 온천이나 온양 온천쯤 되려나! 로마 시대부터 온천 효능이 뛰어나다고 전해 내려온 유서 깊은 곳이다. 1530년 몬테카티니 기슭에 목욕탕이 지어져, 당시 스파 용수로 알려진 물을 도입했다. 온천수에는 마그네슘, 요오드, 브롬, 리튬, 칼륨 등 다양한 미네랄 성분이 포함되어 있고, 그 효능에 관련된 논문도 있다. 우리가 방문했던 2019년 3월엔 이 온천수를 활용한 Tettuccio, Torretta, Leopoldine 등 아홉 개 스파 시설이 성업 중이었는데, 지금은 코로나 팬데믹으로 제대로 운영이나 되고 있을지 모르겠다.

이탈리아 여행 마지막 밤이다. 그냥 호텔 방에 누워서 일찍 잠을 청하자니 아쉽고 서운하다. 우리 폰 카메라는 2대 모두 배터리도 다 되어가고, 딸의 DSLR는 이미 숙면 상태다. 오늘(3월 9일)은 친퀘테레 마나롤라와 피사 구도심에서 사진을 너무 많이 찍었다. 사람들만 저녁식사로 기운을 충전하고, 늘 앞장 세워 추억을 담도록 했던 카메라 충전은 미처 생각 못했다. 매일 밤 충전기에 꼽아 놓고 자면, 아침마다 그냥 챙겨 출발하곤 했으니. 오늘 밤에는 그냥 여유롭게 걷다 돌아오기로 하고, 핸드폰과 손지갑만 코트 주머니에 넣고 나선다.

그 동안 이탈리아에서는 항상 사람들로 붐비는 관광 명소만 들렀다. 깔끔한 몬테카티니 테르메에서는 여유롭고 유유자적한 이탈리아 진면목이 슬며시 느껴진다. 몸은 피곤했지만, 여유롭게 걸으며 자유로운 시간을 즐긴다.

몬테카티니 테르메의 중심, 포폴로 광장

사람들로 붐비는 포폴로 광장, 가운데 귀도티 분수(Fontana Guidotti)

포폴로 광장에는 늦은 시간까지 많은 사람들이 웅성거리며 모여 있다. 밤길도 다른 도시들보다 밝은 편이다. 우리도 광장을 가득 메운 여행객들 속으로 들어가, 이곳저곳 기웃거리며 둘러본다. 이탈리아인은 98%가 가톨릭 신자라는데, 어딜 가나 성당이 있다. 마을 중심인 포폴로 광장 한편에도 성당이 있다. 건축물이 기하학적이고 현대적이다. 성당 앞 광장에선 아이들까지 토요일 밤을 한낮처럼 즐기고 있다.

포폴로 광장에 있는 성당

우리는 포폴로 광장 이면 도로로 들어선다. 도로 한가운데 휘황찬란한 회전목마가 밤에도 부지런히 열일하고 있다.

지오반니니 제과점(Giovanni Bakery)

포폴로 광장 동쪽으로 지오반니니 제과점이 보인다. 가까이 갈수록 고소한 빵 냄새가 솔솔 풍겨 나온다. 저녁 먹은 지 오래되지 않아 속은 든든한데, 발길이 저절로 끌려간다.

근사한 슈가 데커레이션 작품이 쇼윈도를 장식하고 있다. 자세히 들여다보니 아름다운 건축물에 관한 상세한 설명과 가격이 쓰여 있다. 이 지역 맛집인지, 늦은 시간까지 광장 다른 가게들보다 손님들로 붐빈다.

몬탈치노(Montalcino) 성 안티모(Sant'Antimo) 수도원은 몬테카티니에서 155km 떨어진 몬탈치노에 있다. 두 도시 모두 토스카나 주에 속해 있지만, 자동차로 달려가도 2시간 넘게 걸린다. 고풍스러운 수도원을 이렇게 설탕공예로 만나니, 저절로 호기심이 생긴다. 알고 보니, 두 곳 모두 시에나와 피렌체 영역 다툼이 있던 중세 접경지대였다는 비슷한 역사를 공유하고 있다. 특히, 몬탈치노는 이탈리아 와인 생산지로 유명한 곳이다.

몬탈치노 성 안티모 수도원의 슈가 공예품

우리는 제과점을 지나 계속 걷는다. 이곳에서 제법 규모가 큰 '코나드 시티' 슈퍼마켓에 들러 과일을 좀 사려고. 이탈리아까지 와서 현지 과일 한번 푸짐하게 못 먹고 돌아가면 왠지 섭섭할 것만 같다. 겨우 도착한 마켓은 이미 영업 종료, 오후 8시30분까지 운영이다. 우리가 도착한 시간은 막 9시를 넘고 있었다. 과일 파는 곳을 찾아 이렇게 밤거리를 열심히 걸어 다닌 것도 이번 여행 중 처음이다. '과일 맛이야 대한민국이나 이탈리아나 뭐 별 차이 있으려고, 못 먹으면 말고!' 곧 이렇게 생각을 바꾼다. 우리는 피곤했지만 그래도 호텔로 돌아가면서 지나오지 않은 길을 골라가며 기웃거렸다. 과일 파는 상점이 있을까 하고. '의지의 한국인 2명 추가!'

살루메리아 디 비타(Salumeria Di Vita)라고 쓰인 식품점이 열려 있다. 크지 않은 매장에 과일은 없고 와인, 파스타, 향신료, 소스, 가공육류 등이 진열되어 있다. 다행히 토마토가 보인다. 토마토도 요리 재료로 구비해 둔 듯하다. 이탈리아인들은 토마토를 생으로 먹지 않는다고 들었다.

주주와 레드루도 살짝 데쳐낸 토마토를 좋아하지만, 오늘은 피곤하니까 그냥 생 토마토를 먹기로 한다. 밤중 산책을 마치고 돌아와 토마토 몇 조각을 먹으니 상큼한 맛이 개운하다.

여행 마지막 밤에 일어난 우리 방 정전사고

우리가 마지막 밤에 묵은 산 마르코 호텔은 오래된 3성급이다. 공간은 그런대로 넓어 편했지만, 낡은 화장실은 그저 그랬다. 다 괜찮았는데, 한 밤중에 정전사고가 발생했다. 한국에서 갖고 온 인스턴트 죽이 몇 개 남아있어, 캐리어 부피라도 줄이려 커피포트에 물을 끓이자, 전기 합선으로 룸 전체 불이 나갔다.

여행 마지막 밤, 짐 정리하고 잠자리에 들려던 계획도 틀어져 버린다. 우리에겐 여행 마지막 밤이 꽤나 짜증스러웠던 기억으로 남아있다. 데스크에는 밤새도록 아무도 없다. Servizio notturno(야간 서비스)로 전화도 여러 번 했지만 받질 않는다. 데스크 위 전화번호가 무용지물임을 확인하고, 로비와 복도를 서성이며 차단기를 찾으려 애썼다. 우리나라처럼 복도나 로비 벽에 차단기 박스가 있을 것 같았지만, 찾질 못했다.

레드루는 급히 처리할 일이 있어, 4층 복도에 간이의자를 내다놓고 쭈그리고 앉아 노트북을 펼쳐 든다. 처량 맞던 그때 모습을 생각하면 지금도 속

상하다. 그런데 나는 복도니 조용히 하라고 일방적으로 말해버렸다. 오래된 건물이라 방음 장치가 안 되어 있다. 딸은 내 말에 더 속상했나 보다! 자기의 힘든 상황을 먼저 배려하지 않고, 남들 잠자는데 방해될까만 걱정한다고.

그 동안 엄마 주주와 딸 레드루는 항상 사이좋은 모녀로 여행 중 단 한 번의 트러블도 없었는데, 이 날 호텔 산 마르코의 마지막 밤에 그 기록을 깨고 말았다. 예민해져 있는 상태여서 더 이상 특별한 언쟁 없이 그냥 서로에게 삐진 채 검은 밤을 하얗게 밝혔다. 정전만 아니었다면 나름 괜찮은 숙소였는데, 우리 모녀의 삐짐까지 더해진 이탈리아 3월의 긴 밤이 그저 야속하더라! 결국 information clerk과 연결하지 못하고, 아침을 맞는다. 제대로 숙면을 취하지 못한 채 머리까지 아팠지만, 피곤을 툭툭 털고 일어나 서로 멋쩍게 웃었다. 부부싸움만 칼로 물 베긴가, 모녀 다툼은 칼이 언제 물을 스쳐 간지도 모르겠다.

이른 아침, 1층 데스크로 내려가 보니 직원이 보인다. 지난밤, 우리 방 정전 상황을 설명했다. 그녀는 놀라는 기색도 없이 일상다반사인 듯 4층으로 올라와, 한 룸의 문을 열고 들어가 차단기를 올려주더라! 나 같은 투숙객이야 그 문을 직접 열어보고 확인하지 않으면 그곳도 그냥 객실로 생각할 듯.

밤에는 데스크 담당자도 없고 전화조차 무용지물인 이렇게 오래된 호텔이라면, 문에 '누전 차단기' 있는 곳이라는 표시라도 해놓아야 비상시 대처할 수 있을 텐데. 해프닝으로 끝나버린 정전 사고지만, 주주와 레드루에겐 피로와 두통까지 남기고 지나갔다.

이탈리아 전압도 220V이나, 대부분 플러그가 우리나라와 모양이 다르다. 멀티 플러그와 커피포트, 헤어 드라이기 정도는 직접 갖고 다니는 것이 편하다. '머니' 팍팍 쓰면서 5성급 이상 현대식 호텔에 묵는다면 필요 없으려나? 현실은 그냥 짠순이들의 패키지여행이다. 그동안 들린 숙박시설들은 우리나라 깨끗한 신축 모텔보다 못한 곳도 있었다.

그래도 역사 깊은 문화유산과 위대한 예술품이 많은 곳이니, 불편을 감수하고라도 기꺼이 찾는다. 우리도 '하늘과 바다 사이에 있는 천국'이라는 말에 걸맞은 유서 깊고 아름다운 곳들을 찾아, 가는 곳마다 행복했으니까.

우리는 호텔 식당에서 간단한 조식을 마치고, 호텔 입구에 있는 작은 정원

으로 나선다. 아직 피로가 쌓여있지만 어젯밤 일까지 벌써 의기투합해서 담소를 나눈다. 눈부신 아침 정원에 앉아 있는 레드루 얼굴이 장미꽃처럼 예쁘다. 잠시 이곳에 앉아 어젯밤 정전사고로 '이 호텔은 그냥 비추'라고 서로 맞장구를 치던 중이다. 그런데 피렌체 '더 몰 아웃렛' 출발 전 40분 간의 자유시간이 생겨 우리는 둘이 약속이나 한 듯 후다닥 일어섰다. 어젯밤 다녀온 포폴로 광장 가는 길 반대편으로 발걸음을 옮긴다. 5분 남짓 걸었을까! 길 끝으로 널따란 공원이 있다. 구글 지도를 열자, Parco torretta라고 뜬다.

간밤의 피로와 언짢음을 한 방에 날려준 몬테카티니 테르메 '작은 탑 공원 산책' 이야기를 남기고 싶다. 산 마르코 호텔을 혹평하려다 오히려 너무 멋진 곳에 위치해 있다고 슬그머니 찬사를 늘어놓는다. 불편했던 마음까지 싹 바꾸게 한 아침산책이다.

작은 탑 공원 (Parco torretta) 근처 산책

작은 탑 공원은 그 규모도 상당했지만, 싱그러운 공기, 청량한 새소리로 또 다른 하늘 아래 천국인 듯하다. 가끔 워킹과 러닝 하는 몇몇 사람들이 보이긴 했지만 무척 한적한 곳이다. 이른 아침이어서 인지도 모르겠다. 지저귀는 새소리의 울림 가득한 아침 산책길이 마치 지상낙원처럼 느껴진다. 흔한 참새와 직박구리, 박새 소리만 들어도 '아, 좋아!' 하던 젊은 날로 돌아간 느낌이다. 이런 곳에서 산다면, 언성 높일 일도, 부딪힐 일도, 누군가 미워하거나 무시할 이유도 없을 것 같다. 매일 아침마다 이런 산책을 즐기고 싶다.

레드루도 이곳 공원 근처산책이 이번 여행 최고의 시간 중 하나였단다. 패키지여행이었지만, 우리는 나름 귀한 자유시간을 알뜰살뜰 챙겨서 즐겼다. 아직 다 채워지지 않았기에, 지금도 다시 꿈꾼다. 먼 나라 여행을!

코로나 팬데믹 시대가 끝나길, 60대인 내가 좀 더 건강을 지속해주길. 다음 여행엔 할머니 주주, 딸 레드루, 세젤예 손녀 꾸미까지 동행할 수 있길!
"Someday I would like to come here with Redroo and kkumi."

도토리라 하기엔 너무 크고 긴 열매들이 지천에 널려있다.

내 발에 밟히는 낙엽소리와 그 느낌도 좋았다. 자연의 소리로 정신까지 맑아지고, 초록빛으로 눈까지 정화된다. '자연의 치유'가 바로 이런 것이다. 작은 탑 공원 방문 기념으로 삼고 싶어, 열매 다섯 개를 코트 주머니에 넣었다가 다시 내려놓는다. 누군가의 양식일 수도 있고, 식물 씨앗은 출입국 심사 시 반입금지 물품이란 걸 알고 있기에. 애초 작은 문제라도 생길 일은 만들지 말자는 것이 상식주의자인 우리 모녀의 같은 생각이다.

사진 속 주주와 레드루 모습은 마냥 여유로워 보이지만, 곧 허둥지둥 출발을 서둘러야 한다. 힐링 되었던 오감이 다시 급하게 작동하기 시작한다. 우리는 피렌체 '더 몰 아웃렛'으로 향하기 위해 산 마르코 호텔로 돌아간다. 더 몰 쇼핑에서 이번 여행의 마지막 추억을 챙겨 담고, 지난 3월 3일 여행 첫날 도착했던 로마 다빈치 국제공항에서 18시10분 발 아시아나 한국 행 비행기에 오를 예정이다.

우리처럼 공원 근처를 산책 중인 사람들

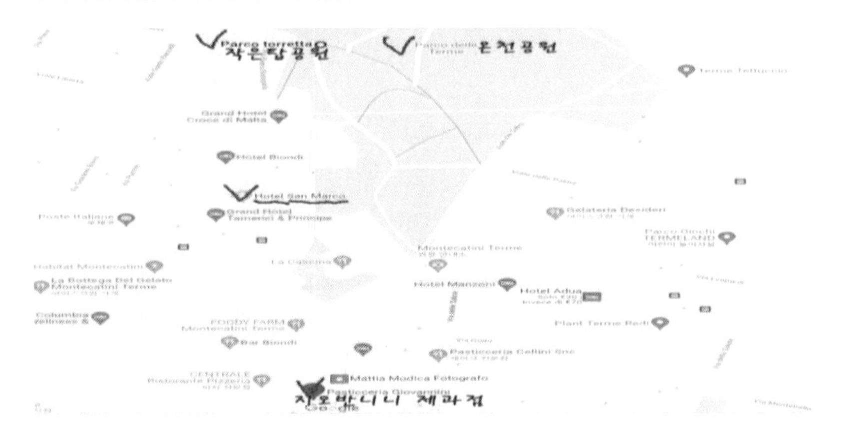

피렌체 The Mall에서 명품 쇼핑, 택스리펀 받기

토스카나 푸른 전원 위 명품 쇼핑 천국, The Mall Firenze

이탈리아 명품 아웃렛 '더 몰' 쇼핑관광이 이번 여행 마지막 일정이다. 몬테카티니 테르메에서 전세 버스에 오를 때부터 모두들 여느 날보다 들뜬 기분이다. 오늘(10일) 오후 서울을 향해 출발하기도 하지만, 이탈리아 현지 명품 쇼핑에 거는 기대감도 큰 듯하다. 일단, 아이쇼핑 하겠다는 마음으로 편하게 둘러볼 생각이다. 어쩜 대부분 사람들도 우리와 비슷한 생각을 갖고 왔을지 모르겠지만, 명품 매장에서 나오는 이들의 양손에는 쇼핑백이 주렁주렁 들려있더라. 표정도 어찌나 밝고 행복해 보이던지.

The Mall Firenze, 저렴한 명품 쇼핑 즐기기

피렌체 더 몰은 도시를 벗어난 외곽, 토스카나 푸른 전원에 넓게 펼쳐져 있다. 세계적으로 유명한 명품 브랜드 제품들을 연중 내내 최대 70% 할인된 가격에 살 수 있다. 특히, 이탈리아 명품 쇼핑은 택스리펀을 현금(달러)으로 즉시 돌려받을 수 있다. 택스리펀(tax refund)은 해외에서 구입한 물건을 해당 국가에서 쓰지 않는 것을 조건으로 세금을 면제받는 것이다. 아웃렛 가격에 택스리펀까지 받고 나면 명품 알뜰 쇼핑의 매력에 더 빠져 든다.

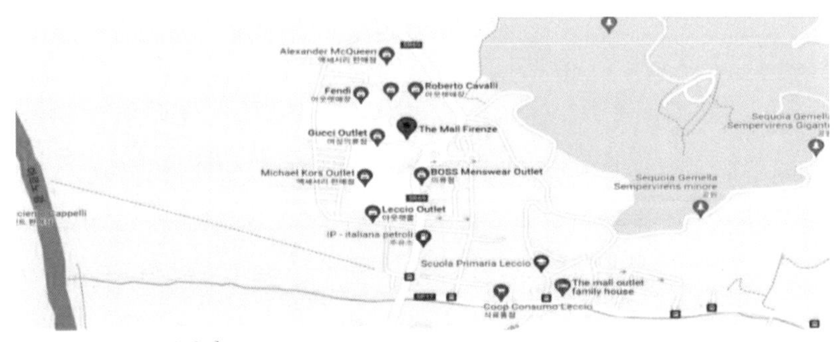

The Mall Firenze 구글지도

나는 현실적이고 실용적인 아낙이다. 명품이나 남의 시선에 흔들리지 않는다. 딸도 나를 어느 정도 닮긴 했지만, 아직 젊으니 나처럼 명품에 휘둘리지 않거나 취향이 같을 순 없다. 물론 마음에 드는 합리적인 가격의 물건을 만나면, 우리가 상품을 구입하지 않을 이유도 없다. 그 동안 오늘 쇼핑을 위해 씀씀이를 조금 안배해 두기도 했다. 결국 마음이 흔들리진 않지만, 필요한 상품은 구입하겠다.

전세버스는 오전 10시경 우리를 '더 몰 피렌체' 구찌 매장 앞에 내려준다. 이제부터 2시간 동안 자유시간이다. 쇼핑을 하든, 산책을 하든, 야외 벤치에 앉아서 담소를 나누든 각자 즐기고 오후 12시 이곳에 다시 모이기로 한다.

아웃렛 더 몰 피렌체에는 한국인이 사랑하는 구찌, 프라다, 지방시, 생 로랑 등 40여 개 매장 여기저기서 서로 들어오라 손짓한다. 이를 다 둘러보려면 2시간으론 턱도 없다. 나 같은 사람은 정신까지 쏙 가출하는 상황을 초래할 수도 있으니 무리하지 말아야 한다. 먼저 구입하려는 상품 종류를 정한 뒤, 평소 좋아하거나 마음 가는 브랜드 매장 몇 곳을 집중적으로 공략하는 것

이 좋다. 아웃렛 명품 쇼핑이란, 고르고 골라 겨우 마음을 정하면, 남이 들고 있는 것이 더 좋아 보이고, 내가 들었다 내려놓은 물건도 다른 사람이 관심을 보이면 급 변심하려는 통에 시간만 질질 끌곤 한다. 딸은 캐주얼한 크로스백을 중점적으로 골랐고, 나는 큼직한 캐주얼 숄더백을 찾았다.

연못 앞 빈 의자에 앉아 잠시 쉬어가며 매장을 들고 나면 딱 좋겠지만, 여기서도 시간 없다며 종종걸음으로 옮겨 다니긴 싫다. 차라리 좀 느린 걸음으로 토즈, 프라다, 끌로에, 지방시, 구찌 매장 등만 쭉 돌아봤다. 우리는 매장을 돌아보면서 각자 마음에 드는 적당한 가격의 가방을 한 개씩 골랐다. 주주는 토즈(TOD'S) 매장에서 숄더백을, 레드루는 프라다(PRADA) 매장에서 크로스백을 샀다.

더 몰 자체가 아름다운 토스카나 전원 풍경을 그대로 보여준다. 매장을 오가며 눈 호강을 하지만, 매장 간 간격도 넓다 보니 금세 피곤해진다.

평소 구입하고 싶었던 필요한 물건이 있다면, 이곳에서 구입하는 것을 추천한다. 레드루가 아이템 넘버 1 BD163으로 '프라다 비텔로 피닉스 플랩 크로스백'을 검색해 보니, 백화점 가격 아닌 구매대행 가격도 80만 원 후반에서 100만 원 넘게 뜬다.

더 몰 피렌체에서 카드로 결제한 금액이 70여만 원을 넘지만 곧 택스리펀으로 71불을 돌려받으니, 레드루는 60만 원 후반 대에 프라다 크로스백을 구입한 셈이다. 이 정도면 The Mall Firenze서 명품 가방 하나 사지 않고 돌아가면, 귀국해서 내내 후회할지도 모르겠다.

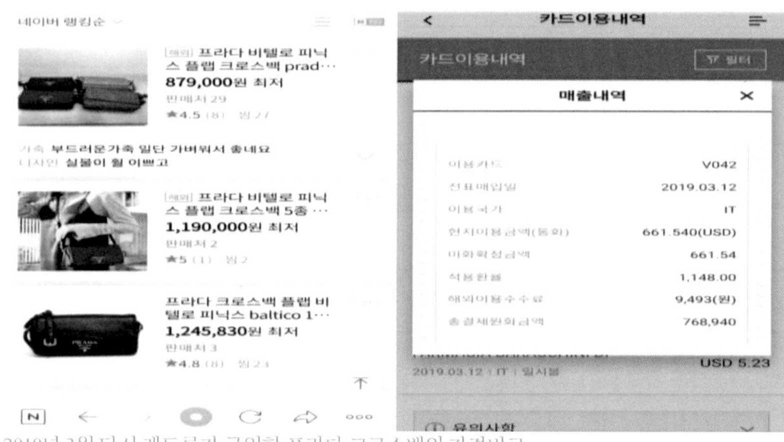

2019년 3월 당시 레드루가 구입한 프라다 크로스백의 가격비교

https://www.themall.it/ko/ **더 몰 공식 홈페이지**

아웃렛 가는 법과 홈쇼핑 한국어 지원

우리는 몬테카티니 테르메에서 전세 버스로 달려왔지만, 피렌체 버스터미널과 중앙역 근처에서 매일 직행버스도 운행 중이다.

출발: BUSITALIA 버스 터미널 (SITA) | Via Orti Oricellari, Firenze (중앙역)

피렌체 발 THE MALL FIRENZE 착,

출발시간표 08:50 | 11:00 | 14:00 | 16:00

THE MALL FIRENZE 발 피렌체 착,

출발시간표 09:45 | 13:00 | 15:00 | 17:00 | 19:20

이용 요금: 편도 7유로 | 왕복 13 유로

호텔이나 지정 장소에서도 35 유로면 직접 픽업 서비스를 이용할 수 있다. 더 몰 공식 홈페이지를 방문하면 조회 및 예약신청은 물론 자기 집에서 홈쇼핑도 가능하다. 한국어 지원은 당연!

택스리펀(tax refund) 받기

택스 라운지로 갈 때는 1) 각자 여권 2) 결제한 신용카드 3) 각 매장에서 받은 신청서류 4) 각 매장에서 구입한 영수증을 챙긴다. 택스프리 라운지 직원에게 위 4가지 서류를 내밀면, 로마 공항 출국 시 제출해야 할 택스리펀 서류와 10% 환급도 즉시 처리해준다. 택스 라운지 직원이 택스리펀 서류도 챙겨서 준비해 준다. 우리는 공항 출국 전, 준비해 준 서류를 공항 택스리펀 오피스에 제출하면 된다. 단, 영수증은 한 매장에서 155유로 이상 구입했을 때만 환급된다. 각기 다른 매장에서 구입 합산한 금액은 인정해주지 않는다. 동행인과 같은 매장에서 따로 구입한 경우도 인정되지 않는다. 작은 지갑이나 액세서리 등 155유로보다 낮은 가격 물건을 구입할 때는 주의해야 한다.

환급은 카드나 현금으로 받는다. 카드는 수수료가 없지만 처리하는 시일이 걸리고, 현금은 매장당 수수료가 3~4유로 정도지만 즉시 받을 수 있고 유로나 달러를 선택할 수 있다. 언제 다시 유럽을 찾을지 기약할 수 없으니 우리는 달러를 택했다. Tax Refun Flow 마무리는 공항 택스리펀 오피스를 방문, 더 몰 택스 라운지 직원이 준비해준 서류를 제출하고 세관 도장을 받으면 된다. 세관 도장을 받지 않으면, 더 몰 피렌체에서 환불해준 금액만큼 물건 샀던 신용카드로 결제되어 버린단다.

택스리펀 받는 방법을 한국어로 설명 중인 친절한 현지 직원.

이런 상세한 과정을 더 몰 택스 라운지 직원이 한국어로 안내해 준다. 우리나라 사람들이 더 몰 피렌체에선 꽤 대단한 고객들인가 보다! 어쩌다 먼 나라로 여행 온 우리나, 현지에서 자기 일에 열심인 청년이나 보통 사람들은 대부분 자기에게 주워진 상황을 이렇게 열심히들 살아간다. 한국어 안내를 위해 대사 외우 듯 연습했을 현지 직원의 친절과 배려가 따뜻하게 느껴진다.

더 몰에서 2시간도 나름 즐겁고 행복했다. 주위 아름다운 풍경은 제대로 돌아보지 못한 채 오후 12시가 됐다. 쇼핑만 하고 돌아가지만, 우리는 마음에 드는 가방을 샀으니 기분이 좋다. 떠나는 사람에겐 아쉬움과 만족스러움이 교차한다.

택스프리 라운지에서의 여유

이제 로마 다빈치 공항을 향해 출발이다. 주주와 레드루는 공항에 도착하면 택스리펀 오피스부터 들려, 더 몰 피렌체 택스프리 라운지 직원이 만들어 준 서류에 세관 도장부터 받을 예정이다. "출발! 다빈치 공항으로~"

로마에서 서울로,
7박 9일간 여행스케치 끝!

로마 피우미치노 공항에서 인천 공항으로 가는 길!

토스카나 전원풍경

피렌체 더 몰에서 로마 레오나르도 다빈치 국제공항 가는 길, 지구 반대편 우리 집으로 돌아가는 첫 번째 경로라 생각하니 감회가 새롭다. 회색 구름 가득 내린 하늘도 답답하기보단 포근하다. 토스카나 주의 목가적인 전원풍경을 눈이 시리도록 바라보며 달린다.

주주와 레드루가 그려온 그 동안 여행스케치가 차창 밖 풍경과 오버랩 된다. 평화로운 마음 사이로 가끔 아쉬움도 들고 난다. 우리 모녀가 담아온 여행 이야기는 회색 구름 위로 두둥실 떠올라 우리와 같은 속도로 달린다.

로마 레오나르도 다빈치 공항 도착

공항에 도착하자, 우리를 이곳까지 실어다 준 전세버스 기사님에게 작별 인사부터 한다. "Grazie!" 지난 3월 3일 저녁, 다빈치 공항에서 우리를 태워 로마 근교 숙소로 데려다 준 첫날부터 오늘 10일 오후, 다시 같은 장소까지 우리 일행과 동행한 친절한 기사님과 작별인사를 나눈다. 공항으로 들어선 후, 우리는 VAT REFUND, Customs라고 쓰인 노란색 안내판을 따라간다.

공항 택스리펀 오피스

공항 택스리펀 오피스엔 사람들로 붐빈다. 우리는 더 몰 택스 라운지 직원

이 챙겨준 서류 봉투에 쓰인 대로 '글로벌 블루'에서 처리한다.

택스리펀 오피스 직원을 만나기 전 1) 여권 2) 비행기표(모바일 티켓 가능) 3) 더 몰 아웃렛에서 준비해준 리펀 서류와 영수증을 다시 챙겨 확인한다. 영수증은 리펀 서류 봉투에 담겨있다. 아주 가끔 영수증과 실제 구입한 물품을 대조 확인하는 경우도 있다고 하니, 구입한 물건은 수화물로 부치지 말고 손으로 들고 가는 것이 좋다.

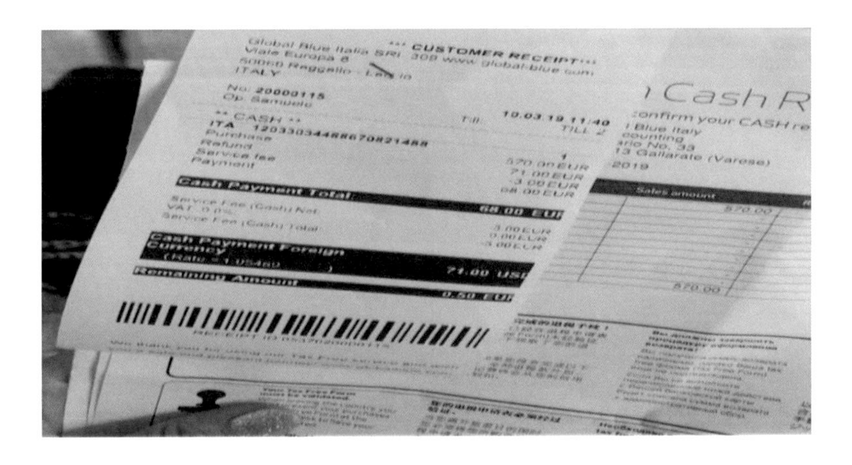

준비해 간 서류만 제출하면, 오피스 직원이 다 알아서 처리해 준다. 우리가 낸 서류는 도장을 찍은 후 그곳에서 보관하고, 되돌려 받은 것은 위 사진에 보이는 Customs Stamp Receipt와 상세내역이 기재된 A4 용지다. 제출한 서류에 도장을 찍어서 우리에게 돌려주는 줄 알았는데, 도장을 찍었다는 영수증만 준다. 실제 도장 찍힌 서류는 이탈리아 세관에서 보관하는가 보다.

A4용지에는 '아웃렛에서 준비해 준 당신의 서류에 세관 도장을 찍음으로

써 서류 효력이 입증되고, 이 서류는 글로벌 블루로 보내진다.'라고 쓰여 있다. 방문한 곳이 바로 글로벌 블루 오피스이니, 서류는 이미 그곳에 도착한 상태인 것이다. 우리는 택스리펀 신청을 마치고 출국장으로 이동한다.

주주와 레드루도 이미 단체 관광객이 아니다. 주위를 둘러보니 모두 각자 제 갈 길로 사라졌다. 비행기에 탑승해도 만나긴 쉽지 않겠지만, 혹 인천공항에서 몇 명과 눈인사라도 나눌 수 있으려나! 서로 작별인사도 없이 이렇게 헤어지는구나. 떠나올 때처럼 주주와 레드루만 있다. 그냥 물 흐르듯 가는 시간 따라 모이고 헤어지는 일이니, 크게 괘념치 않는다.

로마 피우미치노 (네오나르도 다빈치) 공항 출국장

이제 이탈리아에서 우리가 처리해야 할 일은 모두 끝났다. 아직 비행기에 탑승할 시간도 꽤 남아있다. 이런 여유로운 시간, 여행 중에 있었음 더 좋았을테지만 공항에서의 여유로움도 좋다.

다빈치 공항 킴보 카페

우리는 킴보 카페에서 샌드위치와 컵 과일을 주문하고 앉아 오가는 사람들을 무심히 바라보며 한가로운 오후 시간을 보낸다.

킴보 카페 앞 왼쪽, 여행객 누구나 연주할 수 있는 그랜드 피아노가 한 대 떡 버티고 있다. 우리가 30분 정도 앉아 있을 때, 실제 여행객 두 사람이 연주를 했다. 한 사람은 연주를 마치고 계단 아래로 사라져 갔고, 연주 중인 또 한 사람의 모습은 그곳에 남겨둔 채 우리가 먼저 자리를 뜬다.

주위 소음과 울림으로 음악 감상할 정도의 질 좋은 음향으로 들리진 않았지만, 즉흥 연주자나 즉석 청중이나 서로 여유롭게 즐기며 오간다. 우리도 잠시 귀를 쫑긋 열고 조용한 박수를 보낸 멋진 장소다.

People Mover to Boarding Area E 31~44(탑승장 E 31~44행, 피플 무버 정류장)

피플 무버를 타고 차창 밖 영상을 찍기 시작했는데, 찍자마자 곧 도착했다는 안내 방송이 들린다

탑승게이트

엄마 주주와 딸 레드루의 7박 9일간 이탈리아와 모나코, 남 프랑스 여행이 이렇게 끝나간다. 돌아가는 여정은 야간비행이다. 지난밤 호텔 룸 정전사고로 부족했던 잠을 채워주기 딱 좋은 시간이다. 딸과의 여행이 내겐 소중한 시간이었다. 딸도 나처럼 행복했길 바란다.

레드루는 탑승게이트 근처에서 뿌(레드루 남편)와 영상통화를 한다. 딸은 내일이면 뿌를 만난다고 생각하니 더 보고 싶단다. 나는 그 모습을 흐뭇하게 지켜본다. 월요일 오후 2시경, 사위가 인천공항으로 마중 나올 예정이다.

아시아나 OZ562편 탑승

이탈리아 현지 오후 6시10분 예정대로 우리를 태운 아시아나 비행기가 이륙한다. 돌아올 때도 비행기는 우리 곁 한 좌석을 비운 채로 출발했다. 장거리 여행에서 교대로 누워 잠을 청할 수 있으니, 우리에겐 행운이었다.

지난 며칠간 스파게티와 중식만 먹어서인지, 한식 기내식을 보니 절로 식욕이 돋더라. 저녁은 비빔밥, 아침은 해물밥으로 맛있게 먹었다. 야간 비행이다 보니 자연스레 잠자는 시간이 길어진다. 평소 좋아하던 영화 감상은 <그린 북> 한 편으로 만족하고 숙면을 취했다.

인천 공항 도착

우리가 타고 돌아온 아시아나 비행기

로마로 갈 때 주간 비행은 11시간, 돌아올 때 야간비행은 거의 13시간 정도 걸린 듯!

아시아나 OZ562편으로 다시 서울로 날아온 13시간, 핸드폰 시계는 아직 로마 현지시간을 가리킨다. 우리는 천천히 핸드폰을 껐다 켠다.

오늘(3월 11일)도 서울엔 미세먼지가 가득하다. 짙은 회색 하늘과 뿌연 공간을 마주하니 파랗다 못해 눈이 시리던 지중해 하늘이 떠오른다. 아쉽고 답답한 마음으로 소중한 서울의 탁한 공기를 힘껏 들이마신다.

일부로 휴가 내고, 우릴 마중 나온 환한 사위 얼굴을 마주하고서야 비로소 서울이라는 사실이 실감 난다. 공항에서 사위가 사 온 '공들여 맛있는 차' 아이스 공차를 받아 들고 차에 오른다. '주주와 레드루의 먼 나라 여행' 여정은 이미 아름다운 추억으로 머문다. 나를 바래다주고, 제 집으로 돌아가는 딸과 사위의 모습이 다정하다.

혼자 텅 빈 8층 집으로 들어서니, 온몸으로 피로가 몰려든다. 남편 '묵'은 오늘 아침 일찍 지방 출장을 떠났고, 아들도 아직 퇴근 전이다. 도착하자마자 허리가 왜 이렇게 아픈지. 내일 당장 정형외과 병원부터 가 봐야겠다. 기분도 좋고, 딸과 함께 담아온 소중한 추억도 아름답기만 한데 한번 고장 난 허리는 세월을 비껴가지 못하고 피곤할 때마다 통증을 보내온다. 그래도 여행에서 돌아와 아프기 시작하니, 그것만으로도 내겐 행운이다.

에필로그

Someday, I hope I can leave again.

'주주와 레드루의 먼 나라 여행'은 엄마와 딸이 함께 떠난 패키지여행이었지만, 의기투합한 모녀는 나름 자유시간을 잘 활용하며 즐겼다.

패키지여행 밖에서 누린 두 사람만의 자유시간

밀라노 '비토리오 엠마누엘레 2세 갤러리아' 내 '몬다도리' 서점 방문, 에즈 마을 '라 갤러리' 미니 탐방, 니스에서 즐긴 '에스카르고'(식용 달팽이 요리)와 '그리니 이'(식용 개구리 뒷다리 튀김 요리) 만찬, 몬테카티니 테르메 작은 탑 공원 힐링 산책 등은 다른 일행이 모르는 주주와 레드루 만의 짜릿한 나들이였다.

패키지여행도 마음만 먹으면 자유시간을 제법 누릴 수 있다. 이국의 도시에서도 미리 마음 준비를 하고, 용기만 내면 '니스'와 '몬테카티니 테르메'에서처럼 밤 산책쯤은 얼마든지 가능하다.

저녁식사의 경우, 가이드에게 '개인적으로 식사 하겠다'라는 계획을 미리 알린다. 현지 맛 집은 스스로 검색해도 좋지만, 호텔 지배인에게 추천을 받아 검색 확인까지 하면 더 안전하다. 스마트 폰 구글 지도를 켜 들고, 주소만 입력하면 현지 맛 집을 찾아가는 것은 어렵지 않다.

아쉬웠던 점

바티칸 박물관 회화관(피나코테카)에 들리지 못한 것과 시스티나 예배당 '천지창조' 천장화를 여유롭게 제대로 감상하지 못하고 돌아온 것이 종내 아쉽다.

일러스트 출처: 픽사베이 무료 이미지

3년 전 먼 나라 여행 이야기를 사진과 글로 풀어놓다 보니 이런저런 생각들이 주렁주렁 무성하게 달린다. 나는 가까운 아시아와 동남아시아 몇 곳을 다녀왔을 뿐, 먼 나라 서유럽 여행은 이번이 처음이다.

먼 나라 여행은 건강한 50대까지 다 마치라 했는데, 어쩌다 보니 60대가 되어서야 딸과 함께 다녀오게 됐다. 먼 나라 여행을 계획할 때, 배낭여행을 꿈꾸던 딸에게 잠시 동조하기도 했지만, 애먼 딸까지 고생시키게 될까 봐 패키지여행으로 바꾸었다. 나름 현명한 결정이었다.

건강하던 젊은 시절부터 50대가 끝나서 60대로 차고 넘칠 때까지 일과 사회공헌 활동 등을 하며 보냈다. 항상 바쁘기도 했지만, 돌아보니 후회는 없다. 오히려 허리 디스크 판정을 받고 나서야 활동을 접었으니, 이도 잘한 결정이라 믿는다.

젊음이 가고 나니, 어느새 건강과 활력까지 쪼르르 따라간다. 튼실하게 매

달렸던 숱한 생각들도 안타깝게 뚝뚝 떨어져 나간다. 남아있던 무모함과 용기까지 함께 데굴데굴 굴러 간다. 내가 멀뚱거리며 쳐다보아도 괘념치 않고 눈앞에서 총총 사라져 가는 것들이 점점 많아진다.

지금 남아 있는 건 꿈틀대는 열정뿐인지도 모르겠다. 아쉽지만 이 열정을 모두 담아낼 힘이 달린다. 종종 들고 나는 생로병사(生老病死)의 두려움일랑 팍 접고, 담담하게 살아간다. “I hope I can leave again someday.”

‘어떤 일을 할 것

어떤 사람을 사랑할 것

어떤 일에 희망을 가질 것'

칸트가 말한 간단명료한 '행복의 조건'을 읊조리며, 주주와 레드루의 먼 나라 여행 스케치를 마친다.